作者简介

阿兹乌火，又名李骞，彝族，云南镇雄人。20世纪60年代出生。中国作家协会会员，云南省作家协会原副主席，中国文艺评论家协会会员，云南省文艺评论家协会副主席，中国当代少数民族文学研究会副会长，云南当代文学研究会副会长，中国少数民族文学学会常务理事，中共云南省委联系专家，云南民族大学二级教授，中国现当代文学、文艺学硕士研究生导师，民俗学博士研究生导师。在《文学评论》《当代作家评论》《民族文学研究》《文艺报》《文艺争鸣》《当代文坛》《小说评论》等刊物发表学术论文七十多篇，在《人民文学》《诗刊》《民族文学》《西北军事文学》《边疆文学》《滇池》等杂志发表小说、诗歌、散文一百多万字，出版（或主编）《作家的艺术世界》《现象与文本》《立场与方法》《20世纪中国新诗流派研究》《新诗源流论》《诗歌结构学》《彝王传》《快意时空》《中国现代文学讲稿》《当代文学27年》《大学语文》《文学昭通》《当代文学与昭通》《大乌蒙》等各类文学著作五十余部。作品五次获云南省哲学社会科学优秀成果三等奖，《现象与文本》获第七届全国少数民族文学创作（文学理论与评论）“骏马奖”。

QIANSHI SHAN JINSHENG XUE

阿兹乌火 ／著

云南出版集团 云南人民出版社

图书在版编目（CIP）数据

前世山　今生雪 / 阿兹乌火著. -- 昆明 ： 云南人民出版社，2020.10
ISBN 978-7-222-19622-3

Ⅰ. ①前… Ⅱ. ①阿… Ⅲ. ①诗集－中国－当代
Ⅳ. ①I227

中国版本图书馆CIP数据核字(2020)第163344号

责任编辑：刘　焰
创意设计：李乐乐　熊小熊
责任校对：姚实名
责任印制：窦雪松

QIANSHI SHAN　JINSHENG XUE
前世山　今生雪
阿兹乌火　著

出　版　云南出版集团　云南人民出版社
发　行　云南人民出版社
社　址　昆明市环城西路609号
邮　编　650034
网　址　www.ynpph.com.cn
E-mail　ynrms@sina.com
开　本　889mm×1194mm　1/32
印　张　9.75
字　数　200千
版　次　2020年10月第1版第1次印刷
印　刷　河北文盛印刷有限公司
书　号　ISBN　978-7-222-19622-3
定　价　45.00元

如需购买图书、反馈意见，请与我社联系
总编室：0871-64109126　发行部：0871-64108507　审校部：0871-64164626　印制部：0871-64191534

云南人民出版社微信公众号

序　言

《前世山　今生雪》是我的第四本诗集，这些作品大都没有在报刊上发表过，一者是写完后就放在电脑里保存，没有及时向刊物投递；二者我认为作品写出来，在作者内心就算发表了，报刊就是一个作者与读者的桥梁，而自媒体如此发达的今天，这个桥梁的作用已经大大削弱，除了微薄的稿费，好像也没有什么特殊的意义。尤其是过了天命之年，对发表作品的欲望早就没有青年时代的矫情，自然也就不怎么看重。

“故乡处处”是我对老家的一种怀念，作品并不多，更多的故乡情感在《诗意时空》《大乌蒙》中已有表达。但是我把到祖国各地游览时写的几首诗也放在一起，表达了祖国就是我的大故乡之意。这种想法不一定准确。我到过全国很多地方，但不一定写得出诗来，今后每到一处，定当以诗意述之。

大学教师恐怕是我一生的职业了，我在这个行当干了35年，但写校园的诗不多，可能是“不识校园真面目，只缘身在此园中”的缘故吧！所以我把写高中同学四十年聚而不聚的一首、大学同学毕业三十年聚会的几首诗，也收在“校园音响”中。园丁也好，蜡烛也好，大学校园的生活固然单薄，但也还是有耐人寻味的地方。不管怎么说，当年蔡元培先生提出的“学术自由、兼容并包”仍然有价值，尽管许多大学并不是如此。

我是1978年12月离开故乡到青海从军的，虽然只有两年的时间，但这段短暂的军旅生涯带给我很多欢乐，比如结识了一生知己的诗人成忠义、曾瀑。记得当年我们在青海德令哈见面时，除了聊文学、聊人生，就再也没有话题。后来很长一段时间，我们都保持一周通一次信的习惯，搞得像情人一样。四十多年来，我的记忆时不时地回到青藏高原，虽然没有忠义、曾瀑描写部队的诗歌多，但也写了几首，我觉得是真实情感的流露。再加上一些临时情绪的记录，算是对个人感情的一种检索吧！

2019年5月6日是农历己亥年的立夏，五一假期刚过，去朋友家喝酒品茶，谈起立夏与种茶的关系，回家后有了灵感，便写了一首关于“立夏”的诗，写完后突发奇想，不如每到中国的二十四个节令都写一首诗，以示对中国传统文化的敬仰。这就是“节令修辞”的解释。

收入这部诗集中的作品，写作年代跨度较大，有的是十多年前写的，比如“异国屐履”中写韩国的几首是2006年的夏天，那是我第一次出国，激动的心情无以言表，就以诗记之。写澳大利亚、新西兰北部地区的几首是2006年的冬天，写越南的几首是2007年的夏天，写泰国的那几首分别是2009年、2010年、2011年到泰国时完成的，描述法国、瑞士、意大利的则是2010年的冬天。2017年出版诗集《大乌蒙》时，曾经想把这些异国记忆的诗作收入其中，但考虑到题材的不一致，同时也觉得这些诗的分量很轻，就没有收入。当然还有一个想法，就是等将来到过的国家多了，收集起来，出一部《异国屐履》的诗集，这个想法今后一定付诸行动。

2019年我最大的痛就是慈母西游，虽然老人走时已经98虚岁，但还是很悲伤，而且又不能用泪水表达。都说这是喜丧，但面对几十天前还在一起喝酒谈天的老人，在你的眼前慢慢熬尽生命的最后一口气，从容地结束人生，试问喜从何来？在老人百天忌的时候，我用泪写下了《慈母祭》，以表达几十年的养育之恩，然而寸草又如何报得了三春晖。

诗歌是我步入文学殿堂时就选择的创作方式，早在部队时就开始创作了，后来复员回到家乡复习考大学，就把在青海当兵时写的诗稿一把火烧了。在大学读书期间最早也是写诗，好像也发表过几首。大学毕业后分到昭通师专教（现昭通学院）“中国现当代文学”，搞研究、写文学评论、写学术论文就成了主业，诗歌、小说、散文则成为业余爱好，不过也都断断续续写过一些。我觉得一个搞文学研究，尤其是研究现当代文学的学者，很有必要从事文学创作，虽然两者的思维方式不一样，但可以起到相得益彰的互补。现代文学史上的大师都是研究、创作双轨制，这应该算是一种榜样吧！当代大家王蒙先生曾经提倡作家学者化，他自己也是这样实践的，而且成就斐然。是不是学者也可以作家化呢？不知道可不可以，但至少是没有坏处的吧。

关于新诗，我给中国现当代文学的研究生开了一门“20世纪新诗研究”的专业课，选择一百年来一百位诗人的作品为对象，主要是训练研究生对诗歌文本的细读能力。有时候，我也会朗读我写的新作给学生听，但不做任何解释。

每一个创作者的背后都有影响他的大作家、诗人，对我而言，就有那么几个。读大学时比较喜欢法国现代诗，大一时买到一本罗洛翻译的《法国现代诗选》，翻了又翻，读了又读，爱不释手，其中瓦雷里的长诗《蛇》读了之后，可用触目惊心四个字概括，受其影响，我在 1993 年在北京大学中国青年作家班读书时，创作了长诗《圣母》。对法国现代派诗人的阅读，奠定了后来一段时间我对波德莱尔的无比钟爱。参加工作不久，对美国的自白派诗人非常感兴趣，一本赵琼、岛子翻译的《美国自白派诗选》至少读了五遍。特别爱读普拉斯的诗，这个 31 岁因情困而结束人生的诗人，不仅才华横溢，而且思想敏锐。40 岁后，又特别热爱 TS. 艾略特和波德莱尔。2010 年以后，经常翻阅的是里尔克的诗。应该说这几个诗人对我的诗歌创作都有较大的影响。当然，几十年来，读过的中外诗集很多，至少不下 1000 部。半年前还读了费尔南多·佩索阿的诗集《想象一朵未来的玫瑰》，“我怀着伟大的计划来到乡间但所有我能发现的只是草木”。这样的诗句，其意涵之深奥，并不是文字的表面意义所能抵达的。

对诗歌而言，我最喜欢的诗艺是熟词的陌生化使用，这种方法能够再次激发人的想象，给读者一种旧词的新鲜感。当然，隐喻、象征、意象、结构、符号、排比等，固然也好，但具体到每一个诗人，就要看他更适合哪一种手法。诗歌是一种综合艺术，每一个诗人的作品里，绝大部分的诗歌技巧都会出现，但总有他最热爱的特别方式，这是形成一个诗人风格的重要原因。

总体上说，在诗歌创作方面，我是个因循守旧的人，我并不反对前卫和先锋，但在文学创作上，无论是诗歌，还是小说、散文，我还是主张有感而为，发言为声。如果你的诗是写给未来的人读的，那就没有必要在当下进行诗歌创作。诗要传达一种声音，让读诗的人读懂，这就是我诗歌写作的目标。

诗歌需要虚构，需要自白，更需要自由。诗歌中有多少虚构就有多少自白，有多少自白就有多少自由，有多少自由就有多少情感。

是为序。

2020 年谷雨日

目　录……

第一辑
故乡处处

第三辑

情感检索

第四辑
节令修辞

第五辑
异旅情思

第一辑
故乡处处

乌蒙大山

昔日乌蒙彝王魂灵栖居的故乡
伴着风的怒吼　祖先播下种子
在几千年后开花结果

乌蒙大山　你的骨髓培训我坚硬的正气
你的江河饲养我清流的灵魂
你的森林为我遮蔽绝望的风雨
你天空飞翔的雄鹰　是我生命的一个细胞

你的山峰陡峭　攀爬没有危险
你的云朵高贵　飘来的是吉祥图案
你的顽石强硬　那是彝家男人的骨殖
你的气质霸道　那是生生不息的毕摩经文

乌蒙大山　磅礴如初的气势
我是你远方归来的游子
无论我出走多久　离你多远
你都是我人生路上永远的庇护神

站立金沙江边

时间是一艘大船
沿着彝人的母亲河　带我远航
身体内装着信仰
再汹涌的波澜
也阻挡不了抵达胜利的彼岸

不再是儿童时代两岸的戏耍
也不是跨过大江寻找大凉山的青年
垂钓江河的中年已属于过往
江水作证　我是风雨折磨的鹰
头在云南　尾在森林茂密的彝山

一生与江河融为一体
守望天空沐浴的雄鹰
劝山中的猛虎返回森林
喝祖先馈赠的千年美酒
嚼味道经久不变的砣砣肉

无论身处何地　金沙江

是我不变的寓所
就算一百年后肉身丢失
我的灵魂仍在江上游荡

老房子

四立三间的茅草房
光绪年间祖父辛劳的大作
背靠乌蒙山脉　前面是一棵
存在几百年的皂荚树
高大粗壮　绿叶下走来百年光阴

四周的竹林　是我芝麻开花的岁月
母亲讲述的古老神话
是茅草房的神奇启蒙
无论世事如何变迁
茅草房的昨天　今天
始终有一盏不灭的灯

茅草屋　祖父祖母从这里走出
父母也从这里启航到天堂
我和我的兄长姐妹
在你喧闹的屋檐下出生
一步一个脚印　锻炼成大人模样
从这里　抵达各自的生活

茅草房　故乡不沉的航船
你的慈善预报大欢喜
大梁之上的阳光温暖如母爱
茅草房　乡愁味道浓缩的茅草房
人生从这里开始
生活不会在这里结束

父亲的对联

去世很多年　我还生活在您的对联里
您的“一片翠竹伐万代”
您的“两枝松柏秀千载”
还在老宅的旁边　风景至今秀丽
屈指算来　您却走了三十八年

不只我　老家年老的那些乡邻
也谈论您的对联　就像谈论
他们昨天熟悉的人生

早在私塾用功的年华
您睿智的头脑就装满了对联的魂
先生一句“细细毛雨落”
“绵绵滴水淋”从您八岁的口中对出
纪念屈原的节日到了
先生一句“端午初五日”
“月半十三天”①顺口就答
先生认为世上最难的是
“立秋日秋风秋雨”的绝对

①：老家的风俗，中元节是每年农历七月十一日至十三日。

略思片刻　您对出“霜降时降雪降霜”
在您发蒙的岁月　博学的先生
难不住您从血液里喷出的智慧

您一生创作了多少对联
这是我无法收藏的天文数字
您包揽了出产对联的乡村
有您在　村庄大门的农业文明就在
您走了　您的对联依旧是村人心中的想念

父亲的乌木烟斗

那是父亲点燃人生的火焰
也是敲打逆子骨头的工具
一米长的外形　陌生阴沉的表情
高悬于老家的中柱
从小我就担心　掉下来会不会疼

烟嘴是从心脏里吐出的咳嗽
尾巴上的铜锅堆积语言的烟雾
高兴时　父爱在清淡的烟火中闪亮
发火的日子　金属的鸣响就在眼前

熏染了百年烟火的乌木烟斗
很古旧　父亲也不知道它活了多少岁
如果我不小心动了它一下
父亲抡起的巴掌如雨点
迅疾而飞的步伐逃离
再回过头顶嘴　我是您儿子
还是乌木烟斗是您儿子

很多年以后　听说乌木价格比黄金贵
可父亲的乌木烟斗早已无影无踪
也许在某个不为人知的角落
还在吞吐着岁月的沧桑

父亲的蜂群

从温暖的天空带来各种惊喜
那是欢乐的蜂蜜回到蜂巢
最多的时候有十几个木箱
都是父亲为蜂群准备的手艺

养蜂对于父亲来说　是业余爱好
从小被蜜蜂嗡嗡作响的音符包围
不怕蜜蜂蜇伤　因为受伤之后
父亲赔偿一元钱　当然
我更关心什么时候取蜂蜜
那是少年时代唯一的甜

春天　村里的桃花　梨花　樱花
都是父亲的蜂群游戏画面
有时候　天地给蜂群让道
在比辽远更远的地方
蜂群把生命寄托给春天
啄食花蕾之后　在花间
诵读春回大地的万物生长

再回到父亲的经心布置的家园

有时候　这只浩大的队伍
结伴而行　撞向异乡山水
用泥沙也无法阻止它们逃跑
留下空巢的岁月蜂渣
养蜂人并不伤悲
坐看蜜蜂冲破天际弃家而去
依然为它们的故乡打扫卫生

一个空洞巢穴就是一坐庙宇
桃红李白的时节
坐等千年的蜂群重来

慈母祭

原想陪您过百岁的生日　想不到
在 2019 年的 10 月 23 日凌晨 20 分
您悄然告别了　您热爱
也热爱您的世界
漫长又短暂的 98 岁
定格在永远的故乡

您走得很安详　微笑地看着
所有陪您走过最后一程的亲人
在场的人全部明白
被菩萨接走的您
一定去了神仙的世界

从小听得最多的话是
我十八岁跨入李家门槛
一言一行　对得住老李家
做人做事　也对得住李家
四面八方的三亲四戚
都知道　您是李家的门面

在尘埃满天飞舞的岁月
更是天塌下来的顶梁柱

没上过学堂　却无比热爱
用心读书的孩子
对文字的崇拜　超过许多读书人
小时候　我以写字为由
骗到钱　骗到顽劣的自由
逃学在竹棍之上求生
您不生气　只反复强调
什么都会死　独有文化不死
这就是您教导我
好好读书的唯一理由

在集体化的时代
您是公社最优秀的社员
只要出工的哨声
在村口叫喊　无论雨雪
也无论炎热酷暑
从不误工　用粗大的双手
挣最多又不值钱的工分

日出而作　日落却不息
多少个夜晚　我从梦中醒来

您沧桑的身影　推江磨水
一掌灯　一口锅　一个磨盘
养活全家饥饿的岁月

在荒年　村庄饿得饥肠辘辘
可您的双手　总会变幻出无数的
土豆　荞面　蚕豆和几年前的老瓜
孩子们总听到炊烟的味道
在简朴的草房游荡

土地下放了　包产到户
您把家中几亩薄地　深耕细作
没有集体劳动的哨声吹响
您依然躬耕田亩
把苞谷小麦当孩子种植
再粗糙的天气
也挡不住您向往田园的行动
小麦洋芋成熟的季节
风吹开您灿烂的笑容
下一年的粮食种子
又在心里萌生

到了古稀之年　您坚强的身躯
一样背负黄天　脚踩厚土

跋涉于纵横沟壑
闲不下来的双脚
丈量土地之上的庄稼前途

您心里永远装着一朵莲花
善待一切生命　动物　植物　一粒沙子
甚至山川日月　林莽江河
在您禅语的世界　石头有心脏
树木有血管　被打一样会疼痛
倒下的树木　截断的流水　乞讨者
视您为佛家善人
您走路的姿势很轻
不是没有力气　而是害怕
脚下奔跑的蚂蚁
找不到返回故乡的大路
许多年来　您用吃素的方式
向莲花宝座一步一步靠近

您晚年的幸福　是姐姐妹妹的付出
尤其是小妹和妹夫
膝下尽孝　无微不至的陪伴
是您延年益寿的良药
更是打发暗淡岁月的阳光
有他们几十年的温暖如初

才有了您的百年高寿

八十六岁的昆明之行
虽然短暂　但攀登西山的身影
历历在目　无论中年的我
如何努力前行　也跟不上坚强的老年
九十六岁　为安排孙女出嫁的细节
以及参加外孙的结婚典礼
您乘坐飞机　再次莅临春城
站在人生的高处
指点孙子辈的百年好合

阿妈　我在内心里一直
尽善尽美地策划您的百岁庆典
您却静静的　无病无痛地提前走了
我无法找到一个词
形容儿子心痛的感觉
流血的伤口无法愈合
但我不哭　我要用平淡如水的笔墨
记录您平凡　辛劳　煎熬又快乐的一生

阿妈　一个平凡的彝人母亲
我心寂寞空虚无聊时
您是我心中的一轮月亮

冰天寒冷时　您如阳光灿烂
温暖着我冻僵的人生
有您在　我的世界春暖花开
可您在秋天的一场风雨中走了
就这样悄无声息　我心疼啊
因为从此以后　我成了老人
再也没人　亲切地喊我一声儿子

（2020 年正月初六于慈母百天忌）

爬凤翅山

就算费尽心力　气喘吁吁
爬上山的顶端　也只能
说明体力的发达
并不是说　你就真的
爬上凤凰的翅膀

登上一个台阶　也说明不了
一次人生的很小攀越
四周清凉的山风
不会因为你的存在而存在
所有的树　也不因为你的到来
而增加你的高度

唯一的体验　就是
爬山过程　就像一次旅行
你会遇见许多陌生的熟人
他们不多言也不多语
甚至证明不了
你是一个征服者

有时遇见几只
面熟或者不面熟的松鼠
它们对我点头哈腰，称我为王
看见鸟在翅翼上谈情说爱
但我一旦开口
用普通鸟语与它们对话
它们就神情兴奋　愉快地
朝来处来　奔去处去

其实　我只为锻炼陈旧的身体
才每天清晨　实现一次
登山的美梦　我从没有遇见
大山深处修炼的神仙
因为　这不是什么名山
只是老家县城后面
一个普普通通的山头

爬上去　又下来
或许能洗掉　五脏六腑
深藏的一点点戾气

故乡的石头

我用双手　握紧
一块粗糙的石头
想用它揍仇人　不是
想用它为建造房屋添砖加瓦　不是
想把它甩去远方　也不是
没有其他诉求
只想看看它心脏里
是否还有乡愁的味道

昆明的夏天

这个夏天　昆明总下雨
很久没有见到太阳
心被雨淋湿　长出霉菌
本想煮来与友人下酒
但是　他们长住远方
只好独食其味

举杯邀雨滴的日子
再怎么对影
也只能成为一人

如果日出　就晒晒湿透的肠胃
但阳光总也不见露脸
朋友　你那里下雨了吗
下雨　或者没有下雨
我都会快递一把伞去

昆明柴火鸡

昆明民间一道名菜
干柴烈火　很圆的大铁锅
很铁很硬的朋友
八九个人围在一起

大卸若干的鸡块
配料五花八门
就着美酒　和为人民牺牲的鸡
讨论人生大事

都说味道鲜美
可是回到家
除了酒　除了友情
再也想不起
柴火鸡是什么美味

雨夜宿香港

在全世界都沉睡的夜晚
云朵之下　海洋之上的夜明珠
暴雨从四面八方赶来
洗净了紫荆花白昼的微尘
震撼了十九层宾馆客宿的我

白天各大景点的急行军
似醒非醒的状态下成白日梦
傍晚海岸上的饮酒阔论
在风雨飘摇中归为零记忆

隔窗相望　海浪的低语没有重量
如果能从海底打捞浴后的月亮
这个瞌睡碎裂的夜晚
就抱着白色入眠

百年风雨　雄鸡产下的一枚蛋
不经意间被孵化出繁华的风景
在自家的院子里养育外人

五光十色的异域风情
扭曲成资本大鳄的肠胃

一次又一次的交锋　用一种方式
告别百年之耻　不可想象的未来
风水的轮盘转向东边太阳
这颗明珠　依然是全球最亮的星辰

澳门遐想

每次来　都惊叹你小巧玲珑的繁华
街道上的人行色匆匆
都奔向最璀璨最明亮的地方
白天赌太阳　夜晚赌月亮
押上自己的一生　甚至老婆
等待没有未来的未来

在小巷行走　青砖红瓦的老屋
思绪蔓延到清朝的堕落
让一个弹丸小国割肉
珠江百年的痛　无处诉讼
今天　踩着南海站起来的澳门
把昔日的垃圾扔给葡萄牙

天蓝海也蓝　从头到脚的心情很爽
细细毛雨不时飘落在肩头
如同大海浅浅的呼吸

走在一条小吃街　胃成为厨房

老婆饼　澳门豆捞　猪扒包
轮番攻击　浪漫的嘴巴无休无止
再喝一瓶赤水河酿煮的茅台
今夜就长睡澳门风景
雷声也无法叫醒

珠江源

一条大江　从山的洞穴流出
是一座女山　乳汁蕴含着人类的韵味
婴儿吸吮了足够的睡眠
奶声奶气一路奔跑
到了珠江三角洲　长成大人

发电　浇灌村镇　滋润大地的皮肤
都是从山涧分泌而出的旺盛隐私
鱼埋在水的最深处
钓走了多少条鱼竿的魂

源头水煮一杯热茶
解渴了沿岸一个夏季
熬一锅粥　温饱了江边的村落
一路狂奔　生活没有喘息
劈山开路　流动的大美
来自历尽坎坷的沧桑

罗平油菜花

细碎的黄金堵成一片天
炫耀子孙繁衍的生命力
把天空与陆地连接成花的海
来来往往的人群志在必得

蓝色的蝴蝶扇动时光两翼
盯紧花开的舌尖　偌大的花丛
静寂无声　风中摇曳的花潮
竟成为翅膀下乖顺的羔羊

作为旁观者　不知道罗平油菜花的前天
花舞蓝蝶　却是今日最亮的风景

九龙瀑布

九条小小的龙　穿着水做的裙子
翩翩起舞　穿过九道悬浮的岩石
飞流直下　遮隐的涛声梦见游神
拐过九个弯道　朝向大海的梦

在水一边　仿佛置身水底
在你的静水深流住宿
明朝醒来　看海上有没有丝绸之路

大裂谷

不知哪路神仙　用一棵针
在山地随意划一条缝
也不知道是否刺痛
大地的五脏六腑
一种记忆的疼痛延续

两岸的鹰　用翅膀喊话
暗河穿越岩石
留下蛇诗意栖居的窝

人走进裂谷　前进一步
是人间的天堂　后退一寸
就是河怪的美食

青岛海边

在大海的尽头　青色的砖筑起一座城
海洋不停地撞击它的耳朵
峭壁之下　千帆日夜远航

古代残留的战船在暗礁发光
青岛　海边的城市　手指上的繁荣
演变成千年不变的文明

我迈开大步朝海平面走去
身体在浩瀚的大洋滚动
波浪升起又降落

海鸥的身影在海的上空盘旋
被藏匿的大海美丽
淹没在渔舟唱晚的船舱
一时的海上宁静悠远
她的无形之美　让我产生压力

腾格里沙漠

我在沙漠的边缘　光着脚丫散步
明晃晃的芒刺飞来飞去
每一颗沙粒都是渴死的水
只有傲立沙丘的一棵树
保持生命的高度

从树干到枝丫　再到树叶
沾满天风丢下的黄色灰尘
我在它满身尘埃的下面乘凉
不知道是哪个前人栽的树

在沙漠　我和树都有生命体征
临时成为沙海里生死相依的兄弟
我在思考　树也许思考了一生
脚下是天上来的黄河水
村庄里的水井为何成为逃犯

贺兰山上的一只公羊

眼睛盯着天空长出的草
啃着山顶的出土文物
站在贺兰山的脊梁
张开上帝之口　哼唱民谣

没有放牧的鞭子
公羊的空间销魂
诱惑情人的舞步奔突山间
完成繁衍后代的仪式
在贺兰山上　像神一样安眠

羊的生存注定是悲剧
美食之剑高悬头顶
它们的血　它们弓起的背脊
走进多少饕餮盛宴
被宰杀的供词堆积胃口
在人的世界　羊早就不是羊

伪满皇宫

以缉熙楼　勤民楼为主体的一组建筑
规模和气势　远不及关东军司令部
“康德”皇帝　只是侵略者制作的符号
伪满皇宫　末代皇帝的豪华监狱

伪帝像一只不能飞行的鸟
被关东军关在精致的鸟笼
没有自由的郁闷生活
还不如一只爬进爬出的虫

缉熙楼的鸦片　烟雾缭绕
吸一口　婉蓉找到做帝后的威仪
皇后的凤冠孤苦伶仃
伪帝的龙袍　一件没有灵魂的衣服
颁发的圣旨只在勤民楼通行

伪满皇宫　被囚禁的清朝碎片
收复河山的梦想　只能在
几个异性的肉体里寻找

萧红故居

《呼兰河传》从这儿开始
《生死场》从这里结束

一个死去多年的女人
用弱小的双手撑住一片天
后来的肖小却要往她身上泼污水

没有萧红　呼兰河依旧奔向大海
但浪涌波涛的上空
注定失去世界瞩目的文学光芒

她死了　她的作品在时间里燃烧
她的精血变成流动的呼兰河
在岁月的长廊奔腾不息

她的故居用石头砌成
如同她柔软而坚硬的个性
后花园童年的芬芳年华
过了几十年　还在描述空间的回响

萧红故里　不是旅游的几间房屋
是文学时空的永恒传递

北陵

其实叫昭陵　因为努尔哈赤
与他老婆孝端文皇后
葬于盛京之北
俗称北陵　生前雄霸东北
死后轰轰烈烈

除了他皇子皇孙
为了称孝　修了许多楼阁　围墙
最终的魂归之宿
也就是一个土堆
除了比俗人的大　不过是
坟墓上长了两棵大树

沈阳故宫

沈阳故宫秘藏的故事
没有北京故宫的丰厚
北京故宫演出的罪恶
也比沈阳故宫一针见血
虽然沈阳的故宫
是北京故宫他皇阿玛
但一代超过一代
皇宫也走不出历史规律

我在沈阳故宫仰头看天
找不回皇宫消失三百多年的路
这个马背上驰骋天下的猎手
何时消失了挺直的脊梁

两次与海口相遇

两次与海口相遇
也许还有第三次　第 N 次
每次来　都是重要的学术会议
来去匆匆　因为我不知道
海平面上有哪座岛屿在等我

少功主席台上的报告　毕教授的晚宴
学振兄挽留的款款情意
都在我精神深处永驻

学术棕榈园赐予的思想
让我再次找到时断时续的梦
或者比大海更深的一首诗

我不是旅行者　所以
没有去热闹非凡的三亚
尽管那里住着我多年的朋友老谢

第二辑
校园音响

2010届的谢师宴

以前都是我约你们品尝时光
今天却要给我摆“鸿门宴”
因为学术羽翼刚刚丰满
告别我　寻找未来停泊的港湾

小田梦想激扬文字的大作家
李伟的目标是博学女先生
月侠回中原领千军万马
元樱要做资本大鳄
广新被爱情左右不知所措
璐瑶立志返回故乡闯关东
只有你们大哥王柳芬
言顾左右　我也不清楚他的设计
走就走吧　老师是铁打的营盘
你们是流动的学生

来时是秋天　收获你们
乃我人生的一大乐事
去时属仲夏　草长莺飞的今天

你们是绿树丛中的某一棵树
靠自己的芬芳撑起一片天空
三年的浇水没有白费

作为学问的大学　你们顺利毕业
作为人生的大学　才刚刚开始
也许明天就成功毕业
也许一生也无法毕业

最后谢师的大快朵颐
趁你们互道珍重的唠叨
我先把自己灌醉　借着酒劲
讲几句　你们不爱听的语重心长

（2010届研究生毕业，在北教场的一家餐馆同饮，大醉而归，半夜醒来，信手涂鸦以记之。）

万溪冲的梨花

没有一冬的雪做背景
在春天　依然绽放出一树的白
是相思的白　还是梨树骨头的白
果实的胚胎植入叶片
你不是花　是万溪冲梨树的魂

一夜春风　万树跳动的音符
醉了春含大地的碧绿
压伤了桃花的红　杏树的粉
让独自开放的海棠喘不过气来

三五贤棣　围一树繁花
寻找自己的影子
上午的朝阳从花瓣间跌落
映红春风得意的人生
万溪冲　你的明年是否花白
我们依然如约而至
或饮酒　或吟诗　沐春而归

（2016年春天，应杨雨之邀，我和2015级同学去万溪冲踏春，观梨花，饮酒，晚归，作诗以记之。）

讲“鲁迅研究”

我承认　我把先生存在银行
每到不同或相同的季节
取出利息　分享给
相同或不同的学生

十多年来　不停地唠叨
总想讲出一个新鲜的鲁迅
可先生　像一座无顶的山峰
穷尽一生　也爬不到山的脚下

可以把先生　想象成
无边无垠的大海
带着弟子们　在您灵魂的波涛游荡
吸您的水汁
然后　把它化为雨露
洒在干涸的人间

当然　这只是狂人的日记
顶多在自己的故乡

或者在酒楼上
阿 Q 似的想想
即便如此　因为
学到您的一点点皮毛
亦敢在无路的地上
抬头　挺胸　站着走路
做一回真正的人

讲课

就这样　每次都向不同的少男靓女
讲述学术的密码
他们来自四面八方
奔自我的人生而来
我只是为稻粱谋　尽尽义务
开口重复很多年前的人　或者故事

他们像田里的庄稼
成熟了　带着丰硕的种子
回到别人的远方
而我　并不是耕地的老叟
只在三尺杏坛重复绽放

放下书本　他们即将远行
因为爱　有时也心疼
但又常常叫不出名字
在心里　祝福这群求知的小树
走过人间　把自己长成一片森林
然后　诗意地覆盖
这乱麻麻的尘世

给新入学的研究生说

笔试时漏网了一大批
里面肯定有人中龙凤
面试又刷掉一半
有些可能是卓越英才
没有接到入学通知书的
不一定就不优秀
进来的也未必是精华
考试不是大浪淘沙
入选的也有扶不起来的泥浆

知道你们本科的人生
充当临时抱佛脚的考试机器
就算经典在手也从不阅读
知识于你们是一滴雨　太阳一出
都晒成干涸的水塘
所以布置了一百多本书
三年读完　绝对是栋梁之材
但我预算　你们之中
没有一个人是完美主义者

学问像一条小河　有毅力者
从岸边起步　奋力游到大海
如硕大的海绵　不停地吸吮
用浩渺的海水装饰自己
这种人　你们之中凤毛麟角
三年后　你们能够顺利毕业
我就烧高香　阿弥陀佛了

与 2019 级的弟子们聊天

这三年　肯定是你们人生的关键节点
设计好未来的时间
找准一个短时间能完成的目标
奋力向前　知识的大门
永远向你们开放　只要付出
所有的汗水都会结出果实

想考博士　一天用一个小时复习英语
如果想做领袖群伦的公仆
或者桃李芬芳的园丁
硕士文凭足够你们使用
当然　读书一生也不能丝毫放松
把文字牢牢记在心里
永远学习　你的人生才更精彩

树叶茂绿　是因为水的滋润
高楼之高是因为基础扎实
图书的光泽能照亮人的灵魂
词汇的声音在看不见的高处

博览群书　你就能走向永远的远方

三年的时间会匆匆离去
校园不是形而上的一把花园扇子
图书馆架子上的陈年卷册
怎么可能是不请自来的嘉宾
只有真心实意拥抱知识
虚度年华才会自觉退到暗处

让求知的火焰不停地燃烧
千万别让这梦想花开的三年
成为一生中最后悔的光阴

（2019年11月23日，与新入学的李华栋、谢瑜乐、杨文佩、胡倩、孙晓琳、安乐草同学相聚，聊了许多关于读书的话。晚归记之。）

写给1998级的学生

来自全省各地的树苗
组成1998年的一片森林
700多个白天黑夜
做你们的班主任　不知是否称职

第一次班会　我郑重声明
虽然是专科班　但人生的命运
都掌控在自己的手里
他年再见的时候　只希望
你们的成就超过隔壁的本科生
如果勤劳　梦中的黑暗也有光芒
只要怀揣理想　咸鱼也能翻身

在郊野公园　你们像快乐的蜜蜂
朝着花开的大树飞奔而去
在春天光鲜亮丽的风中
拉紧放飞梦想的风筝
但愿你们手心长出的曲线
化作漫天飞舞的花瓣

你们之中　有人做梦都在背英语单词
希望有一个彩虹般绚丽的理想
奋战的结果　四六级考试
远远超过了同时进校的本科班
各项成绩指标　让他们跑步也追不上来
跟你们在一起的时光
真的很耀眼　感谢你们
让我获得此生唯一的荣誉
“云南省优秀德育先进工作者”

毕业晚会上　我说岁月是小偷盗
窃去了两年快乐的时光
树叶要生长　花要结出果实
但毕业　不等于鲤鱼跳龙门
只是夏天到来的一次收获
从丑小鸭变成白天鹅
还有漫长的过程
也许在今后相见的日子
你们会带来更大更精彩的惊喜

（2000 年夏天，我担任班主任的 1988 级专科班毕业。晚会后作诗记之。）

弹吉他的女生

夕阳落山之际　不知名的女生
抱着吉他　坐在运动场的中间
歌声缓慢地在弦上流淌
忧伤的旋律在暮色降临时
朝不同的地方落脚
听得出　声音来自真心的灵魂

时光一圈又一圈地重复
运动场没有前进的方向
听着孤寂的音乐传出的词语
看见落山夕阳的余晖燃烧
迈开轮回的任性步伐
幻想弹吉他的女生
是怎样一个缥缈而美丽的女孩

半年后　依然用脚步
丈量四百米的圆圈
草坪上的吉他不再独立思考
那些熟悉的面孔　没有一个

想起一朵花和吉他曾经的语言

黄昏的运动场　风细如缕
如看不见的形式主义风景
在没来处　也没有尽头的椭圆形
弹奏另一种说不清楚的感觉

十六年前的照片

在今天　才把十年的韶华还给我
如果没有雷平阳的诗
在版纳的山水风光存在
这十五年　岂不成了人生空白

迟来的信息穿越时空
回到叮叮当当的岁月
不动声色藏于你们的世界
那时候　你们全都是
一群快乐的精灵鬼
人生的收获刚从九月开始
长着理想的翅膀
在大学的殿堂飞来飞去
我也没有一根白发
只有一支粉笔　将知识转化为生产力

如今　你们都成熟为一棵树
而我　渐渐变成耳顺之人
不知是岁月如刀

还是刀如岁月
也许都不是
就是此生一个很小的过程

（2018 年 12 月 12 日，“末端的前沿：雷平阳作品研讨会”在西双版纳召开，遇 2000 级学生李玉云，馈赠 2002 年班上同学抓拍我的照片。我曾代理该班的班主任两个月，讲授“现代文学”，与全班同学感情甚佳。夜作诗记之。）

精致的利己者

钱理群先生说　现在的大学生
都是精致的利己主义者
我感同身受　但认为
他们还达不到“主义”的高度
因为他们没有思想　更没有信仰
也不热爱美丽创新的文字

他们潜伏在你人生的各个角落
如果需要　会发给你祝福的文字
讲述听过你某年某月的某门课
恭维你的课讲得深刻　印象难忘
然后再说一大堆无用的漂亮废话
到关节点　才说麻烦老师如何帮助
如果不需要　他们永远潜水
一生也想不起老师的存在

其实　生活在同一片天空下
别人想做什么都行
这是每个人的权利和自由

只要力所能及　对精致者
我从来没有辞谢他们的要求
哪怕他在课堂上的表现不佳
只要真能说出我上课的名称
就证明他的人生中曾经拥有过我

精致的灵魂　需要帮助时
请不必解释那些夸张的细节
如果觉得老师是一盏灯
哪怕只能照亮生活的一步路
对于你的请求　任何一位老师
都不会关闭良知的善意之门

提案

也不知是哪一天　或者
是因为无聊的缘故
我在“恰同学少年”的微信群
写了一个提案
大意是说　分手三十年了
还不够聚会的条件
再不相聚　待到明年
再说爱就晚了
结果惹怒了众女生
她们集体炮轰我
你是一头狂热的丑八怪
待聚会时　看我们如何收拾你
要说爱你
即使下辈子
我们也会说“不”

为了三十年的约会

1986 年 7 月　国内外有没有大事发生
我不知道　有 36 个人
却在这个盛夏　分别
而有的却是永别

那个年代　我们疯狂的青春
随时都是易燃的时刻
尤其是为了真理或者爱情
即便是在零下 30℃
易爆的脾气　如打开啤酒瓶盖的瞬间
不停地冒泡

如今　易燃易爆的年华
已经被沧海桑田
磨得没有棱角
我与你　已迈入易碎的年纪
这三十年的约会
你不如期归来
难道要等彼此的内心

都被时间老人掏空
你才踉踉跄跄地来赴约

（2016 年 7 月为大学同学聚会 30 年而作）

醉酒

因为聚会　大家共饮几杯
在生命的酒窖里
不知道与多少影子干杯
虽然胃在反复抗议
为了这三十年不变的友情
忍住疼痛　咬紧牙关
就是毒药
也要喝下三杯两盏
何况喝下去的　是三十年
没有褪色的情感

烈酒穿肠　千杯之后喝出来的
依然是　三十年前的豪言壮语

（2016 年 7 月于大学同学毕业 30 年大理聚会）

同学聚

相聚或不相聚
你在哪里
我也在哪里
四十年风雨
见或者不见
彼此都在心里

一起走来的人生
有你的世界
也有我的世界
聚或者散
其实就是一段心灵的距离
不必苛求完美
也不用担心同学之间的情谊

（2017 年 7 月，高中同学说好 40 相聚又未聚，故作诗以记之。）

给昭通师专

把十一年最靓丽的年华
赠送给你　我没有悔不当初
这里的泪　这里的情　这里的恨
早已深深埋进岁月的皱褶
跟随金沙江去了太平洋
藏匿于某条大鱼的肚腹
如果有一天　我从大洋深处
钓起这条属于昭通师专的鱼
一定把它制成标本
放置在大地的最宽处

我来了　这个阿胡小说中的丹城
陌生而又熟悉的味道
在后来的时光蜕变为梦想
在校园　我与树木一起长大
小草绿了又绿的时间隧道
豪情满怀的学生去了又来
教室里我与鲁迅同在
十一年的杏坛生涯

粉笔写满激情燃烧的岁月

昭通师专　我心中的文化圣地
在来了又去　去了又来的日子里
你的影子总在孤单的内心
点燃诗歌的熊熊烈火
即使身在异地　那一张张熟悉的面孔
依然在人生的四周弥漫

（2019年12月4日至16日，“第九届中国新锐批评家高端论坛”在昭通学院举办，15日下午回昭通师专旧址游走，伫立当年两处故居前，感慨良多。是日夜回酒店，作诗记之。）

“野草”们

在大学的美丽时光里
因为向往文学　几个青年
以鲁迅先生的“野草”为标杆
成立文学社　唤醒年轻的热血
期望将来“野草”覆盖大地

初到工作岗位　这里也“野草”丛生
被快乐的青年们聘为“名誉社长”
从昆明的“野草”到昭通的“野草”
我成为象征主义的锄头
与同行挖沟渠　引来山外泉水
甘做一块瘦弱的荒原
为“野草”们培育标本的同时
自己也成为“野草”中的小草

许多年以后　不知道谁点的火
把昆明的“野草”烧光
而昭通的“野草”薪火相传
跟着文学春风　在肥沃的土壤

一茬接一茬地疯长

长出了雷平阳这棵大树

我与中文十班的约会

亲爱的中十班
站在岁月的高处
我静静地等了你三十年
如果你不来
我岂敢独自白发苍苍
如果你来了
彼此的血管里就会奔涌着
当年青春的脚步声
或许　我只是你生命里
可有可无的一片云
但请你站在三十年的路口
拣起岁月留下的记忆
昔日相爱的请更加相爱
如果有隔阂
就请冰释前嫌
因为　再过一百年
我们都将归还给尘土
到了那时候　就算站在天堂的出口
又有谁还记得起彼此的身份

三十年的岁月
敲打着生命的琴弦
而我的思绪
总是停泊于昭通师专门前的
油糕　饵块　稀豆粉
还有周末响彻夜空
霸道而不屈不挠的舞曲
弹指瞬间的三十年
也许还封存着很多不可告人的秘密
请于三十年后的相聚
喝一杯烈酒
然后　如醍醐灌顶
“啊”一的一声
所有三十年想说而未说的话
都从口中发出
这就是　我与中十班
约会的唯一理由
至于其他老师
比如老宋　老傅　老古董　阿昭　阿胡　小吕
也不知道他们来还是不来
我没有问
也许都来吧
也许一个也不来

（2016 年 7 月作于昭通师专中文十班进校 30 年聚会）

我与中文 95 级甲班的约定

你们　是上帝送给我的礼物
也是我今生　最熟悉的陌生人
离开你们的日子
毕业只差半年
没有在夏天的留言簿上
写下一句祝福的话
更没有在毕业合影照片上
与你们定格成风景
这注定是一个不圆满的结局
但 20 年来　中文 95 甲班
这个特别的称呼
一直在我大脑里静静流淌

洒酒挥别的夜晚
我曾经以人格起誓
二十年　一定在原来的窗口
再次杯觥交错
时间如新月　年轮如风车
不知不觉已经 20 年

再次见面
我不可能叫出所有人的名字
因为　你们像一朵云
只在我人生的自留地
停留两年半
但我不会丢失
中文 95 甲班　班主任的梦想与荣光

我也曾经在梦里
甚至　在异国他乡谈论过你们
如同谈论后花园里的一棵树
如今　约定的时间
随风吹来
不知道是否记得
在 23 年前
第一次聚集的班会上
我信口开河的哪句话
中文 95 甲班　是你们人生
最值得深深怀念的岁月

20 年如同老去的白天
无论当初是欢乐　伤心
或者怨恨　或者情敌
都请轻轻放下

再次见面时　都露出平静的微笑
只要记住　中文 95 甲班
这个属于我们的词汇
你的故事就精彩纷呈

两年半的幸福记忆
像宇宙中的闪电
迅疾而逝
头脑里彰显的面孔
总也挥之不去
这或许是　未能忘怀的缘分
我要说的是　如果有来生
一百年后　在昭通师专的围墙内
再有一个中文 95 甲班
而我　再次以班主任的身份
和大家一起　走向
更远的远方

（2018 年 7 月作于昭通师专中文系 1995 级甲班毕业 30 年聚会）

期待 20 年聚

弹指挥间　二十年又过去
一个群体　又在我心灵复活
虽然他们曾零碎地路过我的身边
但这一次　会以群像的方式
在我回忆的思想里闪烁
期待着　你们成为一颗颗子弹
像风一样飞翔昆明
再次击中我顽固老化的灵魂

时间不会在岁月高处停止
当年的教室已经演化成历史
那个心跳起伏的年代
已是生命长河转折的标本
俱往矣　过去的学生时代
在你们各自的闲谈中
已然成为脱胎换骨的人生

回首过去　两年不只是课桌上的勤奋
也有过课间休息的欢乐

或者初恋失败的孤独
总之　都在履历里创造新的词汇
二十年后　再见到你们时
不知道在你们的字典里
我还是不是那个一本正经的我

（2020年3月26日，我在1998级的“老同学”微信群建议今年毕业20年聚，得到同学们响应，作诗以记之。）

我与祖国签订合同

1978 年的冬天　风很硬
冷雨挥舞着利剑
在我的故乡横行
越南兄弟的炮声　如同过年的鞭炮
在我家的大门口
肆无忌惮放纵　而此时
一张入伍通知书
送达我手中　我知道
这是我与祖国
签订的一份生死合同
我不畏惧死亡　只要
你的人民日出而作　只要
所有的母亲有衣穿
所有的父亲有酒喝
所有的兄弟姐妹
在明净的教室读书
即使马革裹尸　也不过是
冬天里的一次送行
很遗憾　我没有上战场

而是在空旷的德令哈
修一条通往拉萨的天路
我没有在军旗下成为烈士
但只要祖国需要
这份合同　一生都有效

（2019 年建军节）

第三辑

情感检索

新兵连

冻僵的风　熄灭不了士兵的希望
扛枪的种子撒在昆仑山脉
军号的声音在耳边回荡
新兵连　十八岁的我向你走来

荒原磨损新兵的肉体
斗志在训练场发芽生根
风沙吹拂“一二一”的步伐
十只排列整齐的耳朵
组合成国土之上的铜墙铁壁
刺刀挑起的是山一般的重任
子弹射出的是自由的音响

煎熬的训练　锤炼了牺牲自我的骨骼
流出的汗水　浇开意志的花朵
被训练成熟的军人
不是战争的残酷工具
是捍卫和平的神勇天兵

（2019 年 8 月 2 日）

流经戈壁滩的一条河

很细很长　像一条洁白的哈达
在八千里戈壁荒滩穿行
四十年来　也常常在我梦中行走

无名的小河　后面是一望无际的沙海
不知道你的前方　是不是茫茫的水域
站立在你温暖人心的水中央
是一个卫生兵年轻的影子
一弯浅水　陪伴我三个月的人生

1979 年夏天　我来团卫生队学习
医学名词如一个粮库
用你清醒的水　写入我的大脑
滋补了我短暂而硬核的军旅生涯

云淡晨曦　你轻柔的表情写在脸上
炎热中午　你的凉爽浸透骨头
夕阳西下　站立浪花的是一双十八岁的脚
漫漫长夜　静眠于你身旁流动的军营

刚来时不知道怎么称呼你
四十年后也查不到你的姓名
你就是一条无名小溪
是我肉身穿了三个月的
一件洁白轻盈的卫生兵衣服

你飘逸灵动的水魂
摆渡我四十年前的初夏灵感
离开你的日子　我没有流泪
只对着　你洗漱沙漠的生命发誓
总有一天　我会在你坚韧的肋骨
写一首唐朝的边塞诗

（2019 年 8 月 3 日）

我的连队我的连

德令哈远郊的山头下
青藏铁路拐弯的荒滩
住着我的连队　风沙之间
挥舞着铁镐　挖开戈壁荒漠
两条铮亮的铁轨　昼夜不停
伸向未知的远方

太阳尚未出土　军号叫醒士兵
整齐有序的步伐扬起风沙
早操时间　没有一杆枪会闲置
正步行走的军人
没有一个方向相反

多少个白天　军旗猎猎作响
工地上的红星不会独自收工
哪怕眼睛被风沙包围
双手冻成冰棍的模具
狂风的怒火从耳边升起
嘴里塞满沙漠的尘粒

身躯依然在岗位燃烧
不是为了沽名钓誉
是因为军人的血管
流着坚硬的液体

高原的黑夜　无法预知的险情
随时都不请自来　梦中的战士
还沉浸在日落戈壁的美景
或者梦见霞光映着的牧羊少女
熟睡的士兵　幸福还在梦中流淌
只要紧急集合的号令响起
他们伟岸的身影
立刻在沙漠深处闪烁

（2019 年 8 月 4 日）

我与德令哈的约会

德令哈　四十年前我如约而来
在你广袤无垠的身上　安营扎寨
如今我老了　而你
依旧年轻　像一朵美丽的格桑花
开在诗人海子的心里

当年　在语言流动的巴音河边
我遇见两个战友
成忠义和曾瀑
三人歃血为盟
只为人生而写诗
如今　我只能在回忆里
记住这段幸福
在德令哈　海子有一位姐姐
而我　却有两位诗人兄弟

常常梦中问自己
今生今世　还会去德令哈吗
去的理由　是我曾在那里站岗放哨

不去的理由　因为
在德令哈我没有恋人
或者　德令哈就是我永远的情人

德令哈　你的千里戈壁
是我前世的肉身
你的茫茫瀚海
是我今生的牵挂

（2019 年 8 月 5 日）

骑马行走戈壁滩

高天云远　色泽金黄的阳光
照亮辽阔苍茫的戈壁
年轻的蒙古族大哥背着我的药箱
又唱又跳　像一只百灵鸟
马上的背影飞翔在戈壁沙漠

一个小时前　他突然访问我们连队
牵着两匹黑马　说他阿爸昨晚被病魔缠上
痛苦的叫声比火车声音洪亮
连长命令我立即出诊
并说一定努力治病救人
还上升到军民鱼水情的立场

两匹马　八蹄奋力奔跑
连队的帐篷像一艘飞船
停泊在沙滩的后面
朝着太阳的跨度　沙尘和干草
从纯粹的野生状态中醒来
阳光下　黑骏马奔驰的方向

是孤单生长在戈壁荒漠的蒙古包

年长的牧羊阿爹患急性肠胃炎
打针吃药后　我端着小阿妹
煮得热气蒸腾的奶茶
等待患者的病情缓解

留下足够三天用的药
两个青年再次跃上马鞍
荒芜的沙丘无法阻挡
黑色旋风前进的节奏
快到部队驻地时　我缓缓转过身
努力寻找藏在蒙古包里
那双漂亮而又水灵灵的大眼睛

（2019 年 8 月 6 日）

读女儿的博士论文

从皮肤到内脏　你把萧红及萧红研究
翻了个底朝天　　关于萧红
我只写了一首《萧红故居》的诗
我亲爱的女儿　把萧红和萧红研究
完整地告诉世人　让老头子
再次感受后来者居上的真理
以及长江后浪推前浪的恐惧

萧红把故乡的呼兰河
提炼成夕阳西下的伤口
让游客站在河的两岸
区分出人类的善良与邪恶
她把“生死场”的年龄逼近时代
连鲁迅先生也为之动容
还把马伯乐的人生和阿Q并列
而世人却不知道其中的奥秘

我喜欢的两个女人　萧红与普拉斯
都在三十一岁去了天堂

历史的美丽花朵　是她们的悼词

想知道美国自白派诗人普拉斯

就读我杂乱无章的诗

想了解萧红　请读李濛濛的博士论文

致武汉

你是一座文化的城
你的黄鹤楼　装满了
崔颢　李白　苏轼的梦想
也让我　一个从彝山
走下来的诗人
站在汉阳树下
手舞足蹈　思绪万千

你是英雄的城市
从这里出发　人民推翻了帝制
汉阳造的吼声
杀死了侵略者的灵魂

你是现代化的城市
层层叠叠的大学校园
只是你的一片风景
高尖端科技　从你的脚下
走向五洲四海

如今　冠状病毒感染了你
但我不担心　因为
你的文化　你的英雄
你的现代化　一定会让
风一样的病魔远行

我住在长江的源头
你的人民在江的中游
不管他们是否被毒箭中伤
都请你们来到我的故乡
有病治病　无病的
咱们大块吃肉
大碗喝酒　因为我们
是同饮一江水的好兄弟

致敬钟南山

为什么您眼里饱含泪水
因为您心里装着人民

大家都称您为老爷子
我也想这样称呼
但我更愿意称您为战士
一个敢说真话　而且不用外语的
坚强如青松的老战士

每当国家有难时
您总是以年迈之躯
战斗在前沿　不畏染病
不惧寒流　当然也不领高额补助
一身简朴直入疫区
而我　只能以宅男的方式
为您写几句苍白的诗

我不想用“伟大”
这样泛滥的词形容您

我认为　您是祖国南疆的一座大山
粉碎病毒飞驰华夏的梦想
您是人性的科学家
更是大无畏的智者

您是一座丰碑　非典来袭
伫立在七十二烈士的故乡
武汉肺炎蔓延时
又以 83 岁高龄
奔跑在辛亥革命的城市

在疫情汹涌奔跑时
您用眼泪点亮武汉
点燃人类痛击疫情的决心
不错　您是抗击新型冠状病毒的英雄
但更是一位八十高龄的老人
这就是我　给您写一首诗的唯一动机
更何况　赞美一个抗击病毒的老人
不需要太多的理由

致李文亮

你讲真话时　被误解为“谣言”
那时候　病毒刚进入病房
恶魔满天肆虐时
大家才明白　你讲的是真理

你感染了新型冠状病毒
但你依然坚强
发誓康复之后
一定继续与病毒作战

你和所有白衣天使
用正直的方式
阻止病毒自由舞蹈
让美丽的生命
像一季桃花　开了又开

不管世人怎么评价你
和你奋战在前线的同行
在我心里　你们就是

一群平凡　但善心满满的医生

如今　你年轻如初的生命
带着满腹委屈彻底地走了
留下怀孕的娇妻
让她和孩子　在未知的岁月
面对这个“谣言”的世界

你为人类抱薪
却死于冷酷的冬季
欲哭无泪　我也只能够
用沙哑的语言呐喊
天道为何如此不公

你是凡人　也是英雄
在不能讲真话的城市
讲真话的凡人就是英雄

黑夜

谁在没有光的夜晚　点燃
一只红蜡烛　是为了
照亮自己　还是
给他人指路　或许都不是
只是让黑暗后退一步
让天空飞翔的翅膀
长出一只眼睛

爬

爬山是爬　爬树也是爬
爬楼是爬　爬房还是爬
爬灰是爬　爬异性都是爬
爬上是爬　爬官位更是爬
爬起来是爬
爬下去呢　是不是爬

有一种目的　爬
有一种欲望　爬
有一种希望　爬
有一种理想　爬
有一种精神　爬
如果不爬　那就是
天地间最高的境界

老板与我

你有数不清用不完的钱
有山间别墅　有豪车
还有大把的风尘尤物

你为人类也为自己创造财富
我不羡慕　我是穷人
穷得一干二净
穷得只有诗　一首属于自己的诗

你创造了价值连城的品牌
我只写诗　一首你绞尽脑汁
也无法悟透　也不会唱的歌

总有一天　你的钱你的品牌
会消逝　会离开你　而我的诗篇
不一定永恒　却永驻内心

冲动

冲动不是魔鬼　是情感
是火山口游动的初恋
冲动需要理解的眼睛
不需要同情的耳朵
在热血沸腾的大脑里
冲动有可能是零碎的真理

朋友　你会冲动你热爱冲动吗
如果没有　请认认真真地冲动一回
不要让寡淡无味的生活充斥人生
相信吧　冲动不可能是魔鬼

离婚

原来那面镜子　是两个人
现在碎了　一片是男人
另一片是女人　留下一片
给孩子　还有许多片
在未知的日子　属于他人或者她人

每一片破碎的镜子都是宿命
或者影子中的影子
或者一颗比远方更远的心

镜子被击毙得体无完肤
再重圆　照出的光也很惨淡
何况碎了的镜子为什么要重圆

冬季恋歌

在这个冬天　我想飞
回到你温暖的身边
我知道　这已经不可能
但我还是希望
在没有飘零的季节
再回首　或者独自等待
那个不愿回头的丽影

没有落雪　但冬天如期归来
喜悦不会在梦里出现
可是　雪一样聪明的女孩
请你到我冬天的梦中来吧
哪怕惊鸿一瞥　又何尝不是一种开始

走过花丛

很多不一样的植物　排着队
走进我的耳朵

我看见含苞欲放的女人
在筹备欢乐的人生
还看见一朵玫瑰
躲在另一朵玫瑰的心脏里
偷偷地快乐着

如果有一天　风来了
那些快乐的女孩
会不会被带到天外

饺子

从你手中流出的味蕾
总是与众不同　别具一格
从口腔飞速而入的甜
贯彻心肺　到了大肠还在回味

我出生在南国的群山
却有经营面食的中原肠胃
化装成传统文化的饺子
演变为刺激味觉的秘密武器
在一个封闭巨大的时空
点燃食客孤寂的影子

如果人心是致命的诱惑
从女人掌心消耗岁月的饺子
就是现实生活的人性词典
无论怎么解释　也无法抵达
悬挂已久的彼此位置
只有面皮画出的饺子形状
才是化解独善其身的最后屏障

品茶

是不是有闲阶层才品茶
是不是有钱有势的人才品茶
是不是闲得无聊的人才品茶
我不知道　但品茶确实要花功夫

品什么样的茶　决定经济实力
与什么样的人品茶
决定人生的高度
如果热爱干渴才品茶
那是忙忙碌碌的牛饮
品茶　需要岁月留给的芳心

好茶源自大山的深度
在溪流的梦境醒来
不知茶道者　就算站立山顶
也未必理解茶的味道
潜入水底也尝不出茶的浓度
只有坐在树荫底下品味
才深谙千年古树茶的内涵

品茶如同品尚未出世的靓女
只能意会绝对不能言说

路边酒馆

在大路边晒出“酒”帘
虽然小　却春风柳花满店
吴姬压酒肯定不可能
在各自觞的座位上
与许多陌生的男女饮酒
疫情泛滥的年代　只能如此

独自奉献酒杯　攥住远逝的日子
祝福人类战胜莫名其妙的哀伤
让自由早日在神州大地行走
独饮　只为昆明的冠状病毒清零
灰暗的背影从此远离人间

酒肆之间不再是恋爱季节
如果回到李白纵酒放歌的时代
岂能没有美女陪侍
我不要女人的暖暖细语
只求大地返青的秧苗
疫情之后自然天成地生长

风吹树

孤单寂寞地站立小区的草地
一棵树　不知道
从哪个山头迁徙而来
是背叛森林的家族　还是被抛弃

只有风与站立的树亲热
告诉它许多轻风细语
我猜想　听懂时树便点头
摇头时　嫌风的声音过大

我的思想经常穿梭于小区
脚步停止于风中的树
我想　这棵树肯定离过婚
不然老气横秋的模样
怎么独自承受生活之轻

想念一条围巾

生活不是一条围巾围着的爱情
温暖的奉献只在冰冷的冬天
如果是来自女孩的馈赠
就内蕴着爱和节制的概念
就算把全世界的羊毛围上
生活与爱情也常常颠倒黑白

想象中每个人都是一只候鸟
围巾的作用就是见证
冬天的预谋来得突然
白的精灵让天空变厚
除了装饰　候鸟脖子上的羽毛
无法抵御严寒的侵略

如同修长的情侣缠绕
或者像妻子　彼此默契
在生锈的日子互相掩护
一种陌生的语言就是一种呼吸
被包围的感觉只有自己知道

怀念有爱的多愁伤感

想念一条围巾　方格图案的设计

（2020 年 4 月 15 日，星期三，昆明晴间多云。）

第四辑
节令修辞

立夏

斗指东南　维为立夏
太阳黄经为四十五度
岁月脱了春天的服装
初夏姗姗来到人间
万物至此长大成人

骄阳频频向你招手
酷暑即将登门拜访
如果没有避暑山庄
就准备上好的空调
把热浪推出家门

稻农不怕夏天　头顶烈日
将秧苗在水田复习千万次
多插立夏秧　谷子收满仓
自古以来就是种田古训
夏秧的功课得了优秀
来年才有时间嚼劲生活

在昆明　我不惧怕立夏
在这个没有夏秋冬的城市
最被弃养的就是空调
我只担忧心里供奉的那棵茶树
发育太快　茶叶老化后
没有清凉解暑的良方

（2019年立夏日。从今日始，每一个节令到来均作诗一首以记之。）

小满

这个节令　像个女孩子的名字
即便是　也是一个热辣辣的性格
日子由暖变热　每一天都变换花样
太阳在不变的日子里
将生命烤成金黄的红薯

小满　小满　江河装满
隔年的大雨今年更活跃
农人将雨水筑成内心的巢湖
把白天黑夜扔进水里

小满如果不满
土地会变成渴死的沙
绿树投胎为历史的枯枝
小满　你还是满满的来吧
让草木的肉身绿得愉快
把所有的荒地转世为粮仓

（2019 年小满日）

芒种

有芒的麦子被快乐收割
有芒的水稻回归前生的水乡
芒种　不要打扰乡愁
收获　播种　搅得种田人
生活在忙碌的奔波里
顾此又不能失彼的乐趣
从嘴角甜蜜到大肠

芒种到来　一切作物都在忙种
我心在原野却下不了田
只能在唐诗宋词里续命
借李白的酒　把盏颜欢
酒的芒咬伤了胃

芒种　在书斋里散步
在风雅颂的世界漫游
想想《诗经》中乔生的万物
今天结出的果实是否可口

（2019 年芒种日）

夏至

传说这是第一个被确定的节令
也是几千年来民间四时八节的老大
原因会不会是在这一天
太阳在宇宙的最高位置
所以　连真龙天子都虚火
率领百官拜神祭祖
祈求他自作主张的疆域
消灾年丰　草根不再高喊
“王侯将相宁有种乎”的口号

这一天是太阳神的转折点
过了今日　它迈开大步走回头路
向南半球方向慢慢转移
雷阵雨也会跟随倾诉
南边的天空会出现
东边日出西边雨的故事
而不吃饺子的南方佬
今天必须喝一碗夏至面
增强身体抵抗病疫的能量

因为有雨　我听见夏至心跳
闲着的节奏最无聊
随意翻古人的诗歌
独服膺宋朝张耒的
人间漫未知
微阴生九原

（2019年夏至日）

小暑

暑者　炎热之谓也
小暑就是小小的炎热一把
别人的家园我不知道
昆明今天还真不十分热
早晚还得穿长袖保暖

因为是星期天
蜗居陋室找酒喝
尝试醉卧一回小暑
看有没有夏天的知觉
兴正浓　胃里火苗正在直播
一瓶酒　能够装下整个夏天

这一天　古人要举行食新表达
将新割的稻谷碾成大米
做一桌热腾腾的饭
敬奉管理田园的五谷大神
保全来年风调雨顺
让稻香味的农耕文明永久飘扬

现代人　早已不知今夕是何年
为金钱而活着的节奏
传统的词语被锁在深闺
独自闪烁　不如路边广告响亮
只有田里的庄稼知道感恩
用茁壮成长来修辞小暑

（2019 年小暑日）

大暑

小暑的哥哥大暑来了
这是一年最热烈的时节
重庆　武汉　南京三大火炉的朋友
千万不要中暑　实在熬不住
就来昆明躲避暑气
相对而饮　品一壶临沧冰岛
解除内心的热火朝天

心平气和坐于窗前
等春城的太阳暖身
阳光请不动　凉爽由心而生

忽然窗外飞来暴雨
没有看见滴水穿石
雨点却砸碎滚滚红尘

这些碎了的大暑雨
能汇入江河的肠子
到达海的内心深处吗

（2019 年小暑日）

立秋

一年的这一天
一只虫　庄严宣告
夏天退出历史

昨夜的夏蝉
在最后一片夏天的叶子上
叫个不停　报告秋天开始
而雨水的味道
已具备收获的理念

想到去年的今天
不知道在哪棵树下
悟禅　听高人坐而论道
逢秋必悲寂的禅理
也许属于很多人
但我　在这个初秋的节日
并不枯燥　除了陪家母吃一杯白酒
没有其他事要做
也没有什么要对朋友说起

（2019 年立秋日于镇雄县小妹家）

中元节烧包

中元节　给历代高曾远祖
邮寄一份厚礼　就是
阳间制作的阴币
按照姓名　性别　尊称
一个一个地　落实

都说阴阳隔着一张纸
就算他们的肉身
消失了几百年
他们的灵魂也不会灭

如果你相信　就多多地烧
祖先就能收到
快递的大批现金
在另一个世界
成为大富翁　或者
老板　经理　银行家　董事长

如果你不相信　也还是

给逝世的亲人烧几个
就算燃烧一份怀念
那些灵魂　也会百般感激

（2019年中元节于镇雄县城小妹家。傍晚，与小妹、妹夫一起给老祖人烧包。）

处暑

处即出　表示秋老虎出没森林
酷热的三伏接近尾声
临离别　虎尾巴要搅动几下
短期回热的天气会闷闷不乐
秋是高了　气还不怎么爽

不知不觉　秋季正悄悄走来
傍晚的秋雨　紧咬大树的根
树枝上的鸟巢开演唱会
把窗前看风景的我
弄得心烦意乱　我观雨景
还是雨景观我　或者两不相干
秋雨想秋雨的心事
我想一只往北飞去的鸟

处暑节气　有人放河灯
祭奠落水而亡的孤魂
海边的渔民举行盛大开渔节
网一撒　坐收渔翁之利

大山里茶农用铁罐煎药茶
消除夏天的最后渴热
庄户人要祭拜土地公婆
企求两老保佑他们坐稳秋实

独坐窗前　我忘了四季轮回
窗外雨停了　鸟儿腾空飞升
下楼买一只北京烤鸭
让远处的翅膀飞回来

（2019 年处暑日）

白露

《诗经》说白露为霜
那是伊人谈恋爱的托词
其实是自然界气温变化的信息
秋属金　金色白　故以白形容秋露
白露到了　天高云淡的味道
天凉好个秋正式到来

秋风萧瑟　扫不落树上的叶子
树叶还没有与树枝商量
什么时候飘零而落

风把空气中的白霜吹干
跟随秋天的步伐
大雁自北地而来
秋实燎原　庄稼满地打滚
看着张嘴吃饭的人民

友人请喝秋茶　品饮白露
干燥的器官碧清水洁

牙齿变得轻盈透气
舌尖上的味蕾芬芳入鼻
白露喝白露茶　不是偶遇
而是储罐秘藏已久的阴谋

（2019 年白露日）

秋分

分开秋天　全球大部分地区昼夜平等
白天不敢欺凌黑夜
黑夜也不敢占白天的便宜
秋分过后　太阳直射点
从赤道跨入南半球
北半球开始长夜漫漫

不灭的星空在北极落户
在月圆的南国大地
秋祭月的前奏刚刚开始

今日的食谱有秋碧蒿
嫩绿如江南春天的柳丝
细细品味　清香停在牙缝
与腊肠混煮　秋汤灌肠
肝肠的垃圾被洗劫
从头到脚　身壮力健的感受
让生命百年不朽

国家批准　这一天
是“中国农民丰收节”
农田里的庄稼无影无踪
高大凶猛的水泥森林拔地而生
农民的丰收从国外进口
或者转基因蜂拥而来

秋分　分开村庄的乡愁
劳动力在城里找苦寒钱
老人儿童守护空动村落

（2019 年秋分日）

寒露

寒露之后　白天如下弦月越来越小
夜晚似王二娘的裹脚又黑又长
热气退休　太阳被季节遗忘
寒气渐长　雪的娘家酝酿启程
南方还在秋意渐浓
北国即将进入冬装岁月

人字形的鸿雁举家南迁
飞越长江的舞蹈
双翼昂扬　给乌蒙高原
邮来冬天的书信
灵性的大雁　请你带来吉祥
让我日夜守护的母爱
从高浓度的阴影中走出来

在故乡老宅　家母卧床已经十多天
无病无痛却又水米不进
除了偶尔叫我　叫小妹
一声干脆甜蜜的幺儿

便长睡于百年的老床

心乱如麻　寸草又如何报得三春晖
今年寒露　我心比寒露寒冷百倍

（2019年寒露于乌蒙山中老宅，家母卧床十多天，尽人子之孝守护在侧，祈求上天，让家母安康！）

霜降

秋天快要退出历史年轮
寒冷的冬季如期归来
老家的秋天　太阳高悬头顶
那棵老得不能再老的柿子树
霜叶没有红于二月花
柿子抱紧母亲般的枝丫
恐惧飘落的零乱人生
柿子像风吹灯笼在枝头摇晃
我悲伤的心也跟着颤抖
绝望贯彻心肺　不知何处是尽头

母亲于昨天凌晨二十分
走完了坚强而善良的人生
躺在老家的堂屋
接受四乡八邻的祭拜
泪水只能悄无声息
从悲痛的现实流进梦境

多想摇醒善良的母爱

听她唠叨生活中的陈年旧事
还想问她　对这个世界的要求
可这是梦境　我的祈祷不知道
去了天堂的慈母是否听到

我恨今年的霜降
不是外在的冰冷
是心灵深处刺骨的疼

（2019年霜降第二天，安埋了慈母，返回昆明。十天后补记。）

立冬

从未有过的冰凉透心
阿妈与父亲　与祖先们
共同拥有的坟山
不知道今天的气温如何

十几天前　慈母的气息
与人间渐行渐远
您走了　心里的家荡然无存
秋风秋雨中　我成了丧家之子

阿妈　立冬到来　您冷吗
姐姐妹妹送给您的寒衣
把冬季的寒风阻住
会保护您坚强的灵魂
从此之后　在我的心灵深处
整个冬天都有您的温度

您的脚步穿越故乡
坚定地庇佑亲戚朋友

阿妈　只要您的魂在
老家立冬也是春天

（2019 年立冬日于泪水婆娑之中）

小雪

落地的声音虽然小
但有响动　这是冬天的预演
古人时光中的“小雪”
不是现在天气预报的小雪

在古代　猎户已准备雪的细节
找出藏了很久的弓弩
擦了又擦尘埃埋没的箭头
要在大型动物冬眠前
叫醒他们肥壮的肉体
冬腊风腌　将味道储蓄起来
抵御冰寒地冻的习俗

高山顶上的积雪变成衣裳
天空运来雨的嫁妆
埋在冬季经过的大路上
一路奔忙　吃掉了地上的树叶
人间的冷冻突围而出

我居住的城市没有耐心
雪这个词生存在夹缝里
抛头露脸的机会都留给雨
即便寒气缭绕　争夺市场
在中国南方的春城
雪花也只能以转基因的方式存在

（2019 年小雪日）

大雪

小雪是妹妹　只能封地
大雪为姐大　封住大江大河
让冬日的温暖如履薄冰

千里冰封　那是雪的白骨
万里雪飘　雪的魂在寻求着陆点
这些都是风景　只有脚踩着的才是真雪

漫天银色的迷人图画
迷住的不是人　是高空飞翔的鸟
冬季的羽毛无法接受森林指令
忘记了昨天巢穴的存在

狂风阵阵　来不及南迁的鸟群
肉体进入餐桌的胃口
羽毛成为人类的外衣

大雪封山　残忍的不是雪
是人类的邪恶让鸟无处藏身

（2019 年大雪日）

冬至

每年的这一天　狗们心惊胆战
恶毒商贩鼓吹　冬至吃狗肉大补
还吹嘘吃哪儿补哪儿
我不信　难道吃了狗尾巴
也会从臀部出一根狗尾巴草

这一天日短夜长　白天做不了事
夜晚继续　数九寒天从今开始
雪的访问成常态化
以白色的名义　封闭大地
高处雪光闪闪　银装素裹的山峁
冰的娘家在追逐春的梦想

今年的冬至是礼拜天
备下白酒　烤羊腿　酒杯
邀几个书生三杯两盏
对抗寒流　如果春城有雪
就收藏起来　泡明年的老酒

（2019 年冬至日）

小寒

小寒小寒　抱成一团
风寒冷雨马上有了升级版
故乡的火塘　有几人在抱团取暖

在冷风的后面　河山不愿前行
只有猎人的脚印融入雪水
为了寻找寒夜的冬眠
在无人守望的冬夜
猎人与猎物　谁有资格获得月光

进入腊月　带来另一种活法
年关的故事每年都不一样
老家来信　年猪不再低语
腊肉正在向它靠近
鸭的翅膀　鸡的腿　鹅的肝
在年底成为嘴巴的同类

小寒时节起风了　吹来的
不仅仅是冰冻的云朵
还有乡下期待已久的年味

（2019 年小寒日）

大寒

风中转动的不是雪的风流
是四季轮回　是冬季走完的前奏
银光闪烁的冬天太久
寒流的舞台不能任性歌唱
长眠的时钟怎可无尽无穷

寒风拽紧年底繁忙的尾巴
带着孩子们奔向春节
大寒之后　顺着时针转动
来年初春就要光临

从乡村捎来的土猪肉　土豆　土鸡蛋
塞满冰箱　快速移动我的味觉
一盘炒腰花包含一年的诉说
土豆烧排骨穿越乡村俚语
蛋汤里　听到土鸡打鸣的声音
谢谢您　乡下辛劳的姐姐
让久居昆明的我　在大寒时节
找到城市与农村的空间平衡

（2019 年大寒日）

立春

太阳黄经为三百一十五度
立春重复数万次光临人间
节令到来　并不代表春天开始
有时是悲剧来临　比如今年
新型冠状病毒在立春时节
残害人间　春天里的悲剧百花齐放

立者　新的一个轮回开启
万物起始　生命得以更生
春者矣　温暖在大地生长

阳气上升天庭　日照增厚
风和日暖　闭藏已久的冬季
属于昨天　万物进入生长的季节
复苏的土地开始耕读人生

今年的立春　宅在家里
踏青吟唱只限制在客厅
兰花　杜鹃　山茶　在阳台晒着春暖

每开一朵　花草都欣喜若狂
而我　心情郁闷无比
新冠肺炎拐点还未到
立春之后的阴霾却扑面而来

（2020 年立春日）

雨水

这一天白昼　天空飘来几粒雨
进入夜晚　雨量充沛
愿大地都享受到天雨滋养

进入雨水节气　农耕文明
吆喝着庄稼人的农事
虽然极寒的北国阴冷未尽
一些地方仍有雪花飘落
但晶莹的雪是雨的前生
雪的女儿湿润着的北方
一样是春意盎然的早春图景

雨水之后　祈求阳光的直射点
驻防武汉　气温回暖的病房
病毒感染者燃起健康的火苗
疾病在雨水里离开

自我关闭在家里
孤独地面对窗外的雨滴

内心保持着哀伤的沉默

看雨水慢慢老去

（2020 年雨水日）

二月二　龙抬头

万物复苏的春天
东方苍龙的角宿
到傍晚　将从东方升起
物换春回的日子
生机昂扬的日子
吉祥如意的日子

在今天　我不理发
也不求升官发财
只求无所不能的龙
抬起头来　将武汉新型冠状病毒
一锅端　斩尽杀绝
这是我今天最美的希望
祈求至尊至善的龙王
听见平凡人间的声音

（2020 年农历二月初二）

惊蛰

斗指丁　太阳到达黄经三百四十五度
春雷咋动　震天轰鸣的引擎声
越冬百虫　被遮蔽的生命蠕动
心跳加速　呼吸凌乱不堪
慵懒安睡的时代结束
气温回暖　人的阳气上升
虫的阳气也跟着上升

时至惊蛰　未知今天的阳光
是不是去岁的温度
窗外摇动小树的风
是不是从老家吹来
今天太阳照着的
还是昨天的人群吗

在惊蛰　每个人的心中
都会有一个温暖的太阳
照耀着我　也照耀着你
更要照耀着武汉医院里的病人

雨水之后　万物生机盎然
我却只能做一只书虫
独自在囚居旧书的小楼
于古人的世界接受节令变化
在灌满《诗经》的酒杯里
坐等昆明粗犷的雷声
惊醒蛰伏于地下越冬的昆虫

（2020年惊蛰日，作于阳光明媚的中午）

春分

春色正中分的日子
本应在落花时节之前踏春
但本土病毒虽然遏制住
洋病毒又从各个国家倒灌而入
只能在窗前偷窥雨水充沛
想象老家越过冬天的小麦
长势还如去年一样喜人

冬天入眠　春天醒来后发现
春菜　春汤　春酒的呼唤
封闭在病毒感染的冻土之上
在静谧的阳光中没有人倾听

朋友约酒　悬空的酒杯急得团团转
考虑到生命诚可贵的代价
只得将痛饮狂歌的时间推迟
待到病毒全部被埋葬
找一个花团锦簇的乡村酒馆
在百鸟齐鸣的树叶下
把盏颜欢　畅谈不一样的人生

（2020 年春分日）

清明

源自上古时代的祖先信仰
蕴含自然与人文两大内涵
清明要明　体现自然节气的拐点
扫墓祭祖　踏青郊游的两大礼俗主题
符合国人口味　自古传承　至今不辍

年年有清明　今年却不相同
国殇的记忆遍体鳞伤
一场疫情　多少家庭支离破碎
昨日欢聚的亲人阴阳两隔
抗疫前线　白衣使者一个又一个倒下
救别人的命　自己却成了被救者
如果有一天　建起抗疫纪念碑
路过的人　请小声念一下他们的名字

春天来了　逼近的却是苦涩气味
生与死之间　不仅仅是一片苍凉
告别也不完全是眼泪的悲伤
归入泥土的生命一定有沉痛的方向

或冤屈或愤懑　不甘于生命的消亡
从冬天到春天　皆是伤痛的悲哀

放一树纸鸢　给逝者送去一盏灯
生者对逝者深深的怀念
如同白天对夜晚的祭奠
让死亡的岁月越走越远
细雨霏霏的清明越来越明

（2020 年清明日）

谷雨

春天扛着太阳渐行渐远
夏天的雨水打个嗝　就要穿过人间
收藏了一个冬天的草木
暮春之际　放开叶子的理想
在树的高处奔向天空

谷雨要淋　谷得雨而生
秧苗的表情写在田间
稻种的思想在水里热烈地生长

雨生百谷　一年之计在于春
湿透的泥土　农忙的影子急急如律令
每一锄下去　都是秋的梦
谷雨是一个信号　把春天的诗写在天上

春季在风中就要成为往事
芬芳馥郁的记忆留在乡村田野
坐上春天最后的秋千
心荡漾在无边无界的园林

春雨的脚步像一枚别针
谷雨之后，送达夏装的衣襟

（2020 年谷雨日）

第五辑
异旅情思

站在首尔街头

这是 2006 年的夏天
我带着昆明的阳光
空降这个原来叫汉城的都市
汉城改首尔的目的
是为了去汉化　向西方列强看齐
这是他国内政　作为一个中国人
不便发表议论　而且有汉江
穿城而过　滋润着首尔人民
这就足够　如果要彻底去汉化
除非汉江倒流返回中国

也许记忆　还停留在汉城奥运会
中国奖牌数量上升的欢呼声中
站在街头　虽然旅居异国
如果不开口　没有谁把我当成中国人

街道上　满眼的韩国制造招摇过市
现代牌产品像蚂蚁搬家
在热闹的街头巷尾　来来去去

偶尔有一辆日本牌的汽车走过
挂的是黑色外交牌照
其实韩国造　或者日本版的车型
都不是车　是一种存在

走在大街　我目所能及的
恐怕是一具不完满的首尔躯壳
无法看透它美丽无比的内涵
但停下脚步仔细观察　韩国的女孩
并没有电视剧里的好看
心不在焉　走来走去　就马马虎虎
拍摄几张照片　不是为了留念
仅仅是找到一种云南人的存在

（2006 年 7 月 16 日于首尔）

住在明洞

这里是韩国生活潮流的风向标
空气里弥漫着泡菜与烤肉味道
沿街展览的花花绿绿
都盖着大韩民国的印章

住在明洞　有幸福感亦有不幸
幸福是吃的应有尽有　不幸是
白日夜晚　车水马龙　人声鼎沸
耳朵长出嘈杂的老茧

我是食客　旅行的目的
不是观风景　也不是购物
只为满足舌尖的甜蜜

夜晚的明洞　草蛇灰线
热烈喷香的姜虎东烤肉
温柔体贴的王妃烧烤
颜值很高的花朵冰淇淋
八色烤肉　韩式料理铺天盖地

购物外加逛吃逛喝

勾引八方游客　络绎不绝

在别有一番滋味的明洞住宿

千万莫把美食当敌人

而是让属于自己的胃

过一次中国年　痛痛快快吃个够

仁川行

从首尔出发　到仁川已经下午
阳光在海面波动
麦克阿瑟的望远镜
永远也望不到胜利的方向

众所周知　1950 年
一个民族的两个头人
带着不同的信仰
带着自己的追随者
在自己的国土　打得热火朝天
李家兄弟快不行时
世界老大美国　带着他的十多个兄弟
扛着联合国的招牌　从仁川登陆
这些历史旧账我不关心

仁川前海的舞衣岛　实尾岛
拍摄的韩流剧《天国的阶梯》《悲伤恋歌》《实尾岛》
我也没有看过　我所关心的是
东区花平洞的脸盆冷面

中区新浦市场的鸡果子　粘面　荞麦面
中区善陵洞唐人街的炸酱面
会不会有时间品尝
能否到生鱼片一条街做客
除此之外的景色　没有预算
也不想浪费时间观赏
用一张人工打造的明信片
就可以告诉你真相
当然　洞月尾岛的文化街除外

去板门店

是战争的源头
也是战争的终结
是和平的开始
也是分裂的见证
板门店　你永远的故事
没有消失　也不容消失

与我同行的　有不同肤色的外国人
彼此不使眼色　也不想交流
虽然各怀鬼胎　但也有共同点
肯定不是去参加六方会谈
没有可口美食的板门店
我依然如期到来

一个名不见经传的小地方
1953 年 7 月 27 日
朝鲜停战协定在这里签字
昔日的板门店　耀武扬威
蹿红为世界战争史上的名角

连撒切尔夫人　德国总理科尔
澳大利亚总理基廷
都要凑热闹　莅临板门店
给韩国人民站台

北方建筑的“板门阁”“统一阁”我无权参观
南边的“自由之家”与“和平之家”
我进去转转　至于当权者们来干什么
敌人还是友军　我无从知晓
我来了　不是旅游观光
我只希望“和平村”的鸽子
从板门店起程　飞向世界各地

到墨尔本

墨尔本的月亮是不是比中国圆
我不知道　但黄金海岸的太阳
超出我想象的温暖

曾经的维多利亚州首府
繁华的白天　流金溢彩的夜晚
来去匆匆的脚步　有富人　也有穷人
更多是如我一样不富不穷的平常人

发亮的绿地　让游客流连忘返
建在空中的高楼　雄姿英发
像一群大鸟　翅膀在云朵中飘浮
拔地而起的车群　川流不息
不愧是世界著名的国际大都市
但 1835 年　也只是荒无人烟的小岛
而且命名来自于殖民者的儿子

墨尔本　你的金山银矿
是美国财政部的后院

你的民众见到英国那个老大妈
也要尊称她为女王爷爷
我不一样　我是一个旅行者
看完美景　品了美食
再饮一杯本地啤酒　前往悉尼

（2006 年 11 月 19 于墨尔本）

悉尼印象

我跟着我的影子
也跟着很多人的影子
穿越澳洲面积最大　人口最多的城市

经过海港大桥　看见
一群海鸟高声喧哗　他们
也许是讨论学术问题
或者争夺情人
跑进购物中心　钱包变哑巴
在五花八门的美食店
舌尖疯狂　一个胃幻化成许多胃
冲入奥运会旧址　昔日的健将
早已另谋出路　或丑闻缠身
走进歌剧院　陷入灵魂深处的宁静
走出来　迎面扑过来的
是高度发达的金融业
制造业和旅游业

蜘蛛网式的干道在城市放纵

五花八门的商品
被各大景区曝光
成群结队的别墅张开胃口
吞食世界各地的钞票
游客与游客之间的距离
针插不进　水泼不出缝隙

我只能沿袭自己的足迹
探寻悉尼明天的明天
终于明白　悉尼再繁华
也只是南半球的“纽约”

（2006 年 11 月 20 日于悉尼）

堪培拉的传说

据说是个年轻美丽的小城
不知道大街小巷的故事多不多
一百多年前　还是科西阿斯科山麓的
一片不毛之地　后来被穷人发现
盖了房屋　修建了几个羊群游戏的牧场

1901 年　澳大利亚最大帮会成立
为定都问题　悉尼和墨尔本兄弟俩吵架
大打出手　成为头破血流的疯子
掌门人烦不胜烦　无可奈何
只好在两个兄弟之间
选一块安静又风调雨顺
有山有水的风水宝地
建立新皇宫　于是找到了这块
距悉尼 238 公里　距墨尔本 507 公里的牧场
这就是堪培拉的历史

走进新兴的小镇　举目远眺
芝加哥设计师格里芬
和他同是设计师的妻子

共同画在一块棉布上的堪培拉
至今深锁澳大利亚国家档案馆

许多大大小小的机关　我只对
澳大利亚战争纪念馆
澳大利亚国家博物馆
澳大利亚国家图书馆
有浓厚兴趣　还有她女人味的温暖如花

在格尔门屋集市　偶遇乡村文明
花三澳元　在大堂集市买下整个澳大利亚山水
在格里芬湖边的小餐馆
叫上一瓶当地葡萄酒　几个土著菜
一个下午就这样静谧过去

堪培拉　语言的意义是汇合之地
当地人民又叫作聚会的地方
我是异乡客　不知道与谁汇合
更不明白要与什么人聚会
在这座气候湿润　花香四季的小城
没有我永久牵手的情人

（2016 年 11 月 21 日于堪培拉）

大堡礁

有六百多个大小岛屿安家落户
我认识的都有名有姓
比如绿岛　丹客岛　磁石岛　海伦岛　林德曼岛
每个岛都有意想不到的故事
叫不出名字的可能更玄

每个岛都是淹没在海中的山
衬托着风景美丽的高度
从飞机上俯瞰大堡礁
犹如大海波涛上
绽放的无数碧绿宝石
吸引无数游客的眼球
来这里发财　或偶遇一段爱情

大堡礁像一群美丽动人的瑰宝
装饰地球　据说在月球上也能看见
这最美的装饰品发出的光芒

每个人来到这闻名遐迩的海岛

都会在美丽的深渊重拾人生
而我只想沉入海底　访问水生珍稀动物
看它们能否听懂云南方言

（2016 年 11 月 21 日）

帕罗尼拉公园

宫崎骏一日游　画出惊天地
泣鬼神的《天空之城》
他的灵感传染给日本民众
很多日本游客前往公园暂时安家
并在异国他乡　举行非日本式婚礼
躲进西班牙陈旧风格的古堡
激情燃烧　久久不停地接吻

其实　公园的背后埋藏着
一个美丽浪漫的故事
不知其名的西班牙男人
为了证明对妻子的忠贞不贰
在他国　用自己的双手建造了一个
两个人生死恋爱的梦幻国家
幸运的是　那时澳洲还未建国
否则这样以爱为借口的侵略行径
会被起诉到联合国

公园里的青苔荒芜　古典而美丽
正是这样的风景　吸引了

世界各地的影视明星
前来取景　再做一回露水夫妻

在男人建造的爱情隧道
许愿的喷泉日夜不停说谎
来到爱侣径游走的情侣
回到家　都四分五裂
城堡的感人故事再浪漫
也只是不切实际的幻想
场景再美丽　也只能提供新娘拍摄婚纱照

不如在自然美的瀑布下吐故纳新
吸几口异国空气　然后
于翠绿的热带雨林与蓝蝴蝶
来一次翩翩起舞　跃跃欲飞

令人动容的帕罗尼拉公园
源自一个梦　我不是做梦人
我走进公园　只想与她独自待一会儿
体验她的故事　为今后的人生
寻求一段意想不到的记忆

（2016 年 11 月 21—24 日）

奥克兰游记

帆船带我来到“帆船之都”的
奥克兰　虽然不是新西兰的心脏
却是这个国家事实上的“经济首都”
行人都朝着金钱的方向奔走
却找不到原住民毛利人的路线

我来这里　想看看长嘴无翼鸟
是否长出今生的翅膀
在茂密植物的土地
建造属于它们的情巢
冈丘火山上毛利人的堡垒
有没有灿烂的阳光普照
当年两千个英国移民砍伐的树木
是否还魂成今日的森林
很遗憾　这一切都成了人类的纪念

伴随风的呻吟　海的怒涛
登上目光自由的天空塔
高倍望远镜里买下奥克兰全景

从未见过的最蓝盛开
名不虚传的世界宜居城市
在脚底下缓慢敞开
像大海边一个永远不动的水塘

（2016年11月25日于奥克兰）

新西兰北部牧场

草坪之上是树林　山丘
牛羊悠哉悠哉地啃着大地
晚秋的大美连成一片
在异乡思故乡　如果有一天
家乡的牛羊投胎到这里
就不必伤筋动骨的来旅游

潜入内心的忧郁
伤痛并非源自我　始于
这里空旷而绿草荫荫的坪地
环顾四周田野　心中的痛
被牛背山上的一只鸟
衔走　跟随悠然远去的夕阳散步

在秋天里　新西兰北部没有落叶
走在他乡草地　望见黄昏中的群山
站立着永远的蓝
山河作证　我没有与牛羊交谈
只在前进的路上保持疑问

我不懂牛羊语言　不知道
这里低头吃草的牛羊
是不是真的很幸福

（2016 年 11 月 26 日）

激流岛上的沉思

上午　迎着新西兰北方的阳光
踏上海水滋养的岛屿
目标明确　找寻诗人前生的踪影
祈祷诗人和他妻子的魂魄
在异乡的天空聚拢
共同守护激流岛上空
孤单寂寞的群星

如果岛上有黑暗
用你黑色的眼睛
为你　为家人　为海岛的石头
继续寻觅光明

诗歌与爱情是邻居
如果被完美的装订成册
就是不断翻阅的大书
一旦中间盛开巨大的黑洞
斧头也无法劈开误会

在诗歌美妙的声音中
你是不是另一个自己
内心苍茫的诗人
如果有来生　你会不会
重新选择一个黑色的词

（2006 年 11 月 27 日于激流岛）

河内的摩托车

风驰电掣　人生是一群移动的光芒
来来往往　一种仪式的表达
有没有人在混乱的人群中
回归故里　或者前往异乡
在相反的方向　各自逃离

走在河内大街　不倾听仇恨
更不想闻到战争的回声
前人播下的种子
有时候不必开花结果
即便岁月停止运动
我坚信　河内的摩托车
也会在理解的空间前行

出发是为了求生存
回转是找回生活的乐趣
不是风移动轮胎
而是摩托车上的头盔
发出的神奇信息

人朝前看　呐喊的清烟
在河内街道流行

（2007 年 7 月 18 日于河内）

河内小吃

穿梭于熙熙攘攘的大街小巷
只为一碗正宗的螺肉蟹蓉粉
搭配的原料有豆腐　螺蛳肉　蟹肉
还有牛肉　加上越南
常见的几种蔬菜
嚼一口粉的骨血　一生难忘

猪骨　牛尾熬制成的浓郁汤面
酸辣　微甜　口味复杂多变
喝一口　找不到东西南北
鳝丝炒粉丝　再加一盘猪耳朵
一生的喜好全在这里
如果再来一碗顺化牛肉面
把日子浸泡在牛肉汤里
谁会管烟囱上的浮云
带着美味飘到何处

（2007 年 7 月 19 日于河内）

在越南拜谒孔庙

越南的朋友说　越南孔庙很多
是不是孔子是他们的老乡
我知道这儿过去叫安南
但鉴于国家与国家的关系
没有吱声　只说夫子没有出国
但他的学问漂洋过海
在异国他乡落地生根

高昂的身影被人类纪念
是因为仁学的教化
义的雨露　礼的精华
在地球村被弘扬
《论语》《春秋》《大学》赢得永生
灵魂永远居住在有人的乡村

在埋藏酒与礼仪的故土
带着弟子四处奔走
真理的火焰从双手出发
在历史长河永不变色

我在越南拜谒孔庙
于精美的雕像前鞠躬
明白人类对知识的渴求
儒学方才放飞九州四海
作为大地的心灵　夫子
您的行踪与宇宙同在

（2007 年 7 月 20 日于河内近郊乡村）

下龙湾

睡在中国广西的龙
某一天　尾上的龙须轻轻摇晃
越南北部山岭崩倒
被水填满的谷地　仅存峰顶
这就是下龙湾的前身

浮在水面上的小岛　形状各异
在浪尖上把死亡推开
唤醒海中鱼类的血液
远离人类的牙齿舌头

船帆露出波光闪闪的眼睛
冒险的游戏长上翅膀
跃入大海　双手在摸索勇气
像一只蛙　在海洋深处洗澡

我看见无垠的海浪里
中国鱼与越南鱼拥抱
这些水的精灵从脚下游走

留下来的是木船上——人的孤独
我真想翻身跳进下龙湾
吸一口气　从这里游到中国的云南

（2007 年 7 月 21 日于下龙湾）

曼谷美食

每一次到来　曼谷美食是首选
因为曼谷菜的主料　全都来自
当地菜农的自留地
品种独特　有趣也鲜艳
是不是好吃　仁者见仁　智者见智

暹罗湾的海鲜　以煎炸见长
口味酸辣甜齐备
大量的辣椒和葱姜蒜
再加入咖喱　鱼露　虾酱　椰奶
柠檬汁相伴　天然的薄荷叶充填
那味道　口水也流出三尺

街头小贩从不大声吆喝
桌面上展览各种美味
廉价的植物汤　本土米饭　小锅面条
烤鱿鱼　炸香蕉　应有尽有
再来一扎泰国生啤
从中午喝酒到傍晚　演绎成

别人眼中的一道风景

除了各种泰式美食
餐馆也供应全球风味
法国的甜点烤布蕾
意大利的奶油培根面
拉丁味的海鲜沙拉
当然也有不少中国菜
不一而足　只是到了曼谷
为何要品异国风味
泰国式香草烹调　才入吾口

（2009 年 5 月 25 日于曼谷）

雨季来曼谷

多少次来曼谷　唯独
雨季那次记忆犹新

雨大颗大颗坠落
樱桃般洒脱　密集的珍珠
在空气中融成一体地
砸向不同肤色
不同声音的群体
暴雨倾盆　到处都是落脚点
谁也休想逃避　曼谷雨季的诗意河流

繁华的商业街区　铁丝网
莫名其妙隔出一块荒地
在傍晚的天空下
接受上苍相同的雨露
高楼华厦　木屋　铁皮房
并驾齐驱　在雨中享受同等待遇
现代化广场与中世纪旧公寓
共秋水长天一色

王宫与佛寺　共筑一幅雨景图

大皇宫向外扩充
第一圈是寺庙
第二圈是官宅
第三圈是商业城
第四圈是蓝领住宅区
最后一圈是收纳贫民的地窖
在今天　都领到大雨公平的馈赠

在曼妙的天使之城
我没有找到　从泰国上空
降落的天使　却与很多人贴身
成了互不相识的落汤鸡

（2009 年 10 月 23 日于曼谷）

清迈之秋

到了气候凉爽的清迈
再急躁的人
内心也装着满满的清凉

大街上　一个游人接着一个游人
不知道他们从何处来
又到何处去
因为装着一个秋天
我不远千里而来

许多古老的遗迹
挂满历史的碎片
一城的玫瑰花　讲述着
她的前世今生

清迈　如果有人解读
会有许多故事穿越
曾经的泰王国首都
保留着争权夺位的遗迹

泰北古老的寺庙
再高贵的人也要低头
心怀善良的人　双手合十
祈祷自己　也祈祷别人

在三王雕像前　没有留影
想到曼格莱大王狩猎时
那只白色的水鹿
是否找到茂盛的草原
把梦想托付给蓝天
做一世吉祥的梦

进入“北方玫瑰”的城市
无意采摘花的骨头
也不带走名声显赫的手工艺品
更不关注泰国北部的政治经济
只想知道清迈的美食
会不会因为我的到来
从此无人问津

（2009 年 10 月 25 日于泰国清迈）

曼谷大皇宫

像一只大鸟　泰国大王
在紧邻湄南河的草地
筑起巨型古代鸟巢
历史翻天覆地　金碧辉煌的宫殿
早就成为王室的故乡
除了偶尔举行加冕典礼
或者宫廷庆祝仪式
已经演变为　游人留影的场地

走进大皇宫　大片如茵草坪映入眼帘
姿态各异的古代菩提树
与大皇宫的佛塔　互为风景
鱼鳞状的玻璃瓦
映照出古代主人的奢华
庭院内鲜花盛开　树木婆娑
宛如别人的大花园
只有曼谷守护神寺
忠于职守　努力保卫主人变色的颜面

进去逛了几圈　游客蜂拥
看看神色各异的人
又急忙逃出来　尽管令人神往
但我不做囚禁异国的古代幽灵

（2011 年 4 月 5 日于曼谷）

游芭堤雅

白天永远沉睡不醒
夜晚开始魔力四射
午夜才进入高峰状态
芭堤雅　美女的世界　男人的天堂

拉客妹扭动的性感
舞动人流不息的欲望
蒙喳喳秀　艳舞秀　金丝猫秀
神秘秀　秀红了满城春色
东方公主邮轮上的人妖
没有一个不是风情万种
红灯区找乐子的欧美“大白鹅”
牵手皮肤黝黑的泰国“乌骨鸡”
在大街小巷长袖善舞
裸女造型的霓虹灯
各种姿态不断闪烁
把拥满游客的街道
笼罩在橙红色的梦想中

来到雌性荷尔蒙爆棚的芭堤雅
如果凡心不动
就不是严格意义上的男人
我是男人　但与芭堤雅的
艳丽尤物　保持足够的距离

（2011 年 4 月 7 日于曼谷）

普吉岛

在海上　一串明珠串起很多明珠
有人来　是寻找永远的新娘
或者流行天后蕾哈娜的绯闻
或者让心境常驻春天

海岛有风情愉悦　想狂欢
不需要烦琐的理由
如果单身前往　就尽兴地玩
做一个笃新怠旧的异乡人
结伴而来　就守住游戏规则
不要让自己的另一半
成为他人的牵挂

躺在沙滩上烤太阳
皮肤流过洁净的大海
眼里的心事　凝聚成果实
牙齿间咀嚼的皮皮虾
从喉咙流到大肠

海风吹　人生的另一部手机
不停地叫唤　海水流过
剩下的是岁月云烟

（2011 年月 4 月 10 日于泰国普吉岛）

凡尔赛宫

这颗光照世界的明珠
坐落在巴黎西南郊的
凡尔赛小镇而得名
也让这个村子里的居民
三百多年来扬名四海

每一座璀璨华丽的宫殿
背后都是独裁者血腥的统治
路易十四嫌弃陈旧的凡尔赛宫
为了他正式和非正式的情人快活
大兴土木　兴建这座庞然大物
他万万没有想到　三百多年后
有一个中国的云南人　会买门票
进入他吃喝嫖赌的所有房间

不为宫殿的豪华所动
也不想知道阴谋在那间大厅
血流成河　更不为内部夸张的陈设
和装潢的艺术魅力所感染

不惧怕百年前的鬼魂在宫中游荡

我买门票进来　就想了解
昨日皇宫御食的味道
是否流传到民间
再打听　修建如此宏伟的宫殿
死了多少工匠　用去多少具白骨
浪费了法兰西人民多少血汗钱

（2010 年 11 月 18 日于巴黎）

塞纳河

法国最乖巧的大河
源头是女神塞纳的乳房
流经最富饶的农业家园
成为连接巴黎与海洋的大肠
两岸的蝴蝶扇动黄金的翅膀
沿途的故事　被晒干成昨天的细节
幻化为游客人生的记忆
更是巴黎人心中的千千结

30 多座精美的桥梁
拦腰横跨　百年前的大桥
走过来的是今天行人
高楼大厦　如雨后春笋
错落有致排列两岸
倒影入水　楼里的女人春光泄漏

傍晚时分　埃菲尔铁塔的灯光
照亮河中谈情说爱的公鱼母鱼
也照亮两岸接吻的男人女人

河的心脏有一条木船
欸乃一声的影子在水中摇晃
必须在夜幕降临前
就着美味大餐　法国蜗牛　鹅肝酱
灌醉自己　不然李白的月亮
落入水中　分解成若干影子

喝干一瓶白兰地
唐朝的月影时暗时明
到达下一个码头之前
酒醉的我　能否回到故乡云南

（2010年11月19日于巴黎）

埃菲尔铁塔

矗立塞纳河南岸　冰冷的勇士
守护巴黎的战神广场
诞生于 1889 年　工程师古斯塔夫·埃菲尔
是你昨日的再生母亲
分娩虽然困难　落地时
却成为世界上最高最猛的铁娘子

历史的风雨涤荡百年尘埃
高度还是原来的高度
塔下安营扎寨的流浪汉
越来越多　人人面黄干瘦
只能画千年的铁饼充饥

不知道　伟大的作家莫泊桑
还有三百多法国名士
为何签署《反对修建巴黎铁塔》的抗议书
书面理由　这个由冰凉钢铁
铆接起来的丑陋铁柱
湮没了巴黎圣母院的庄严

降低了卢浮宫　凯旋门的高度
给这座千年呼呼的古城
投下令人厌恶的影子
莫泊桑没有想到　当今世界
铁娘子的儿孙繁荣昌盛
和他的《项链》成为法国的标杆

我爬到最高处　占领巴黎的瞭望台
祝福著名的钢铁女人120华诞
再从塔顶眺望
古典浪漫的法兰西
有没有遥远的未来

（2010年11月20日于巴黎）

站在凯旋门前

戴高乐广场中央
香榭丽舍大街的西端
雄狮凯旋门　迎接外出征战的军队
凯旋　迄今为止是世界上
最大最坚强的圆拱门

说是一道门　其实是
狂妄自大的拿破仑　为纪念打败俄奥联军
下令修建的伟大雕塑
站在门前　我没有拍照
不想瞻仰战争狂人的生平
也就用不着攀登五十米高的拱门

右侧门柱上　展翅飞翔的自由女神
不知道是谁的恋人
怡静的脸庞　期待远征的士兵回家
让那些穿军装的孩子
放下杀人武器　享受凡人太平

从拱门下走过的异乡人
是否听到千军万马嘶鸣
或者刀枪剑戟的吼声
我在静静的秋阳下
仿佛看到　战争的冤魂正步走来
想问问　那个叫拿破仑的男人
滑铁卢战役之后
是否修一座　比凯旋门更大
更雄伟壮观的溃败门

（2010 年 11 月 21 日于巴黎）

巴黎圣母院

百年风雨　千年春秋
你哥特式的伟岸
悄无声息地守护着
韵味十足的新娘塞纳河

我迈步进入的肯定是
雨果的巴黎圣母院
法国人灵魂的祭坛
教皇亚历山大三世
亲自奠基的大教堂
是全欧洲工匠用了一个世纪
前赴后继抛洒智慧的殿堂

几百年前大钟的回声
会不会在游客的心中敲响
吉卜赛女郎的舞蹈
拖着长长的历史叹息
历代统治者久违的吆喝
早就没有人倾听

只有圣母院不变的光彩
在欧洲上空昂扬

站在塞纳河畔远眺
高高矗立的圣母院
秋天的落叶飘舞而下
雨果弹奏的石头交响乐
在成千上万的游人中
除我以外　有没有知音倾听

（2010 年 11 月 22 日于巴黎）

卢浮宫观蒙娜丽莎

与其以一种价值连城
千人一面的
朦胧眼神面对游客
不如寻找一个平凡的男人
做一世和谐夫妻
在无人的深山老林
男耕女织　生儿育女
过简单快乐的日子
何必以一种似是而非的商品
讨好欲火燃烧的观光客
做一个透明的女人
挑水　种白菜　栽果树
然后　三百六十多个夜晚
享受爱你的男人

（2010 年 11 月 23 日于巴黎）

在卢浮宫看维纳斯女神

因为断臂　才成为永远的美丽女神
如果你四肢健全
只能做平凡的女人
嫁给平凡的男人
再复制出一堆平凡的娃娃
在平凡的生活中过平凡的日子
但你选择了断臂的孤独
生活在没有爱情的梦境
用站立的残缺风度
向世界宣称　这就是唯一的美
这或许是你存在的存在理由
如果是我
还是好手好脚的
活在人间　看书　喝酒　品茶
做一个简单平凡的人

（2010 年 11 月 23 日于巴黎）

卢浮宫的胜利女神

生命的飞跃　充满着运动的活力
战火纷飞的岁月
扇动理想的双翼
把胜利带给无家可归的人民

战舰的船头　从天而降的尼姬女神
用翅膀吹动风帆
引导着舰队乘风破浪
冲向前方　海风从正面吹来
单薄的海魂衫　隐隐闪现
丰满而富有弹性的身躯
展翅欲飞的雄姿
令海上敌军闻风丧胆

因为是胜利　好运　成功的代名词
即使残缺　也是想象的完美
如果有一个战败男神存在
你健壮丰腴　姿态优雅的身躯
会不会委身下嫁　做他的妻子

还是继续高高飞扬雄健的羽翼
让世间的所有男性
做你双翅下的敌人

（2010 年 11 月 23 日于巴黎）

香榭丽舍大道

黄昏　我步行香榭丽舍大街
攒动的人影无限延伸
有钱的人找到幸福存在
没钱的　居于繁华乐土
依然快活　与富人为伍
漫步高贵典雅的极乐世界
置身于富人狂欢购物的
吵闹声中　一无所有也身价百倍

我是过路的看客　无意考证
她的前生是不是皇后林荫大道
只追问　大文豪雨果的出殡队伍
经过大街　有多少人在哭泣
纳粹军队在大道上
向全世界和平力量炫耀武力时
伟大的法兰西　为什么
集体沉默　失去耻辱的记忆

在地球上最美丽的大道散步

虽然找不到故乡的感觉
但也不是远离人间的天涯
如果喜欢　就把她的人文内涵带走
如果不喜欢　就找一家咖啡馆
独饮孤寂　顺便看看窗外
熙熙攘攘的人群
如何走马观花

（2010 年 11 月 24 日于巴黎）

日内瓦一日游

匆匆忙忙浏览一遍
这个身在瑞士的联合国城市
水连雪山　雪山连蓝天
组成好大一片四季雪蓝
从异乡飞来数万只水鸭
在日内瓦湖展翅翱翔
雪白的天鹅在水面游弋
所有的人群　都是忠实的观众

湖上大喷泉刺穿虚拟的天空
昼夜不停讲述日内瓦的秘密
人去楼空的万国宫
嗅出了许多热闹而老去的声音
两百多个国际重要机构
有许多难眠的心事汇总
圣彼得大教堂的钟声
敲响天堂之路的大门
礼拜真理的人群祈求神的恩赐
百达翡丽钟表博物馆

向世人展示什么叫名贵收藏
花钟之下　时间不带走风景
游人充电之后　急急忙忙愉快前行

白天蜻蜓点水　穿梭于人造景点
在世贸组织门口留影
时间在普蒂帕莱美术馆停止
几十年的法国印象派　像一块
放大的云朵　让我流连忘返
老城区仰望卢梭写作的书房
风味小餐馆品尝土著特色菜
面对美景　把想象力还给诗人
我回酒店酣睡　希望梦中
再游一遍四季皆宜的日内瓦

（2010 年 11 月 25 日于日内瓦）

游卢塞恩

很多年前　还是琉森湖畔的
一个小渔村　很多年后
我踏上这个生产记忆的小镇
湖光山色相互映衬的美丽
像一条美人鱼　矗立游客内心
每一个到达的男人被俘获
恨不能今夜就进入婚姻殿堂

中世纪的教堂　塔楼
文艺复兴时期的宫厅
百年老店　长街古巷排着队
让人进入清醒又遥远的梦境
五谷广场　鹿儿广场　美酒广场
比比皆是　过了几十年
还在大脑贮藏

进入小镇　排斥一切人间烟火
灵魂变纯粹而天然
风来自雨的故乡

水是雪山的精灵
年龄后退到原始公社
只有脚清楚这是谁的领地

立身廊桥水塔　眼里全是
维多利亚英国王室的风景
躺着的狮子　诉说瑞士的一段历史
奇妙的穆赛格城墙
增加史书词汇的厚度
卢塞恩　绝对是来了又想来的圣地

（2010年11月26日于瑞士卢塞恩）

阿尔卑斯山

白雪的体魄　天寒地冻的炼狱
我从南麓登临　直插云端
在勃朗峰下　我看见法国
意大利和瑞士的旗帜
在雪花飞舞中自由自在飘扬
作为欧洲河流的故乡
还看见多瑙河　莱茵河　波河　罗讷河
从你的心脏出发　穿过欧洲肠胃而过

许多滑雪少年　在你洁白的乳房
肆意流畅　一种浪漫的游戏
被冰冻数千年

我爬上来　是为了寻找前世的传说
希望在雪峰中　找到几万年前
被我射杀的一只白羊　给她叫魂
在渺无人烟的神灵居所
还她前世的魂灵　今生的肉体

爬上来　不是显示空洞的高度
也不是征服　更不是游戏
只为寻找前世的山　今生的雪

（2010 年 11 月 26 日于瑞士威吉斯小镇）

住宿玫瑰小镇

威吉斯　卢森湖深处的眼睛
阿尔卑斯山的后花园
清洁　富裕　美丽的童话王国
游客临水人家的驿站
无论阴晴　也无论雨雪
都在木码头停靠
一如既往　迎接远航的宾客

站在湖畔　放眼天际尽头的雪山
不知道山顶修炼的神仙
在风雪吞没的岁月
如何送走白茫茫的长夜

月光下的小镇　每一个窗口
怀抱着未来的玫瑰
芳香拯救了游人的劳累
住一晚　胜过皇宫一年四季

我从雪山之巅下来

进入花气袭人的玫瑰小镇
误以为占据神仙寓所　心如流云
静看满园烈火盛开

玫瑰相伴的夜晚
倾听自己的另一种声音
遥想当年马克·吐温
不知在哪间客栈独自徘徊
他的体内　是不是如今夜的我
绽放出一朵鲜艳的玫瑰花

（2010 年 11 月 26 日夜于瑞士威吉斯小镇）

在威尼斯看鸽子

一片鸽子连着一片
在水上乐园飞翔
或站立繁荣昌盛的街头
昂首挺立　在游客之间淡定从容
灰白相间的羽毛
与昆明的鸽群没有区别
它们是不是也从云南飞来

面朝大海　背对不变的蓝天
海风轻轻梳理羽毛
远离凡尘　寻找新的人缘
我不是威尼斯商人　不然的话
一定给鸽群建一个
比大海更大　比蓝天更蓝的家

（2010 年 11 月 27 日于威尼斯）

佛罗伦萨

诗人徐志摩翻译的“翡冷翠”
比另一个译名“佛罗伦萨”更富诗意
冷中含暖的色彩
才是这座古城的内在气质

因为是文艺复兴运动的娘家
小镇的名字才扬名四海
有英雄大卫守护
古典建筑才有历史的温度
美第奇家族当年的座上宾
达·芬奇　但丁　伽利略
还有拉斐尔　米开朗琪罗　薄伽丘
数不胜数　人人都是世界文化遗产
古典时代的翡冷翠光芒
至今还在闪亮发光
面对强大的文明磁场
任何一个地球村的居民到来
都不能不低下宝贵的头颅

我在百花大教堂宽容的大厅沉思
回想书本见面的那些大家
擦身而过之后　会不会再次相见
但丁的一部《神曲》　让秋季
温柔而潮湿的街道
更富有神韵的层次感
达·芬奇的画魂　增加了风景的高度
马基亚维利的《君主论》
撕裂了统治者的遮羞布
一本《十日谈》　薄伽丘的呐喊响彻宇内
伽利略提倡的日心说
因为挑战《圣经》而成为异端哲学
他发明的温度计
体检了全人类　让生命的体温
上升到百分之百的信任

千年的墙壁　回应着色彩鲜艳的符号
每一个深绿色的百叶窗
伸出一个脑袋　都是艺术大师
深红色的屋顶　历经沧桑风雨
依然朝气蓬勃　佛罗伦萨
你陈酿已久的历史
我找不到恰当的词语言说
罗马街头

母狼乳婴　让永恒之城的来历
有着说不清的复杂意味
巴洛克风格　一种时间　空间上的影响
颇为深远地影响着古典的今天

万神殿供奉的各路神仙
只能远观不敢亲看
如是不小心着了他们魔道
佛祖也无法解脱内心的冤孽

八万犹太和阿拉伯俘虏修建的斗兽场
被宰杀的九千只牲畜的血液
施洗了六十排看台上的灵魂
竞技场的空气来自风沙的血腥
动物的哀号回响了几千年
燃烧的时间　熄灭不了奴隶愤恨的面孔
九万看客的空间占据全部丑陋
没有一部史书记载他们贪欲的脸庞

不知道有多少帝国　多少王朝
在古城墙内轮番休养生息
岁月停止了他们沉重的脚步声
残破不堪的雕像湮没于历史尘埃
陈列的香炉再也生不出权威的紫烟

当洪亮的钟声在黎明响起
跟着《罗马假日》中的公主
畅游大街小巷　一天之间
罗马重回中断千年的生日庆典

（2010 年 11 月 28 日于罗马）

梵蒂冈

好大一个国家
在空旷无边的教堂
蜗居　走进你的国土
不需要门票　摘帽　脱鞋
就轻松自在地完成

国王培训国民的经书
是三千年前埋下的伏笔
臣民每天的工作
是聆听教皇的声音
把真理复习一遍又一遍

这个远离凡尘的国度
表面很小　内在的容量
却能装下整个宇宙

（2010 年 11 月 28 日夜于罗马）

在斯里兰卡海边散步

热浪袭来　是海风送来的厚礼
收下后　体重迅速变轻
鱼的欢呼声　成群结队
跳上海岸　以弱势的生命
对抗风暴的残酷肆虐
而暴风雨　依然在海天之内狂涌

海洋的记忆是不是比陆地更久远
如果大地是鱼群的故乡
它们又为什么回到大海
拼命吸收海盐的密码

海的疆域足够辽远
人可以返回大海深处种庄稼
积累财富　修建硬实的城堡
重筑人的海底部落

我在斯里兰卡海边散步
有时候　一些小鱼爬上我的脚背

休息片刻　随潮汐返回它们的故居
我让它们看见岸的希望
它们令我找回海的信心

巨大的雨幕　如同倒挂在
海空的宇宙摇篮　覆盖海岸人生
也覆盖海内鱼生
赤足沙滩　不拒绝海雨攻击
如果海风能带走我的昨天
那么今天的海浪
就是我明天的起点

（2011 年 7 月 18 日夜于斯里兰卡科伦坡）

科伦坡记

位于锡兰岛西南岸　紧贴着印度洋
北有凯勒尼河清理门户
作为心脏　是进出斯里兰卡的咽喉
素有“东方十字路口”的美誉
僧伽罗语则叫“海的天堂”

乌鸦是城里的神鸟
街边的大树都建有平安巢穴
乌鸦们天空恋爱　鸟巢生育
然后带着子孙在蓝天戏耍
遮天蔽日　嬉闹的歌声震耳欲聋
就算猛虎组织的间谍
也不敢举枪瞄准

国树铁木树　国花睡莲横行霸道
太阳东升　叶子伸展命运的源泉
耸入云霄的椰子树　像一把巨伞
给远道而来的游客挡雨遮风
星罗棋布的雨树　在傍晚吸收露珠

分享给悠闲自在的城市居民

国际会议大厦是中国制造
洁白的八角形建筑物
展示友谊地久天长
独具特色的科特王国宫殿
在科特原安家　落下帷幕的
是很久以前的历史陈酿
巍峨耸立的摩天大厦
金碧辉煌的寺庙厅堂
都布置有回家的大路
海岸延伸的沙丘
是现代化的欧氏家族
维多利亚公园的南面
展出斯里兰卡的文物
馆内陈列有绘画　古玩
引我注目的　是一块
郑和下西洋时建立的纪念碑
顶端镌刻有中国图案
字迹虽难已辨认　但精神万古

在这个陌生的城市生活
能品到川菜的麻辣
也能尝到西双版纳的杧果

新疆哈密瓜　各地木瓜与榴莲
唯一的遗憾　虽然四面皆海
瓶装矿泉水却无比贵

（2011 年 7 月 18 日夜于斯里兰卡科伦坡）

狮城新加坡

一座城市　就是一个国家
而且花开四季　林木满园
珊顿道是大富豪游戏的主干线
两旁摩天大楼　上演的
是你死我活的金融大战
危机从这里开始　幸福从这里结束

吉宝港口的居民最繁忙
给别国打工　也给自己存钱
有时在海里顺水摸鱼
把洋人的钞票存入自家银行

新加坡河城穿过城市
河岸的人民是国家的祖先
两岸是最早掘金挖宝的地段
也是亚洲四小龙　前生今世的经济动脉
河口上矗立着乳白石的“鱼尾狮”雕像
一种虚幻的不存在动物
在华人雕塑大师林浪新笔下

演化成统治人民精神的总统

在圣淘沙　资本和运气成为世界主宰
有人一夜暴富　拥抱金银如山
也有人敲响人生的丧钟
谁抵挡不住发财的大门
圣淘沙几十张扑克就决定人生

我住在圣淘沙　白天去环球影城散步
或者去全球最大的海洋生物园
试着与海底生物对话
晚上看看华语电影
新加坡很小　来了三天
我就记住这个国家的图案
新加坡很大　未来不可限量

（2011 年 10 月 25 日于新加坡）

马六甲海峡

站在海边　两眼平视无边的海洋
海平面升起不同的国旗
低沉的轰鸣声在抗议
暴雨倾盆　云朵改变旅途航程

天空飞翔的水鸟回到故乡
它们从印度洋旅游回来
把大洋上空当作尘世
一束束白色的羽毛
来回奔波　只为生儿育女

在亚洲与大洋洲的十字路口
一剑封喉　可以带给人类灾难
和平通航　就是世界的福报
风平浪静的日子　油轮拍着翅膀
把火焰送往主人预约的港口
如果有风暴　在潮汐处把死亡藏住
让生存在风雨的裹挟中远行

遥望海峡　看见明朝永乐年间的词汇
在海上远航　郑和率领的庞大舰队
破万顷碧浪　快速穿过马六甲海峡
孤帆远影　冲进浩瀚的印度洋
将明朝的足迹　镌刻在西亚和东非
时至今日　马六甲海峡两岸
仍然飘扬着大明朝的旗号

（2011 年 10月 28 日于新加坡）

在一个岛上旅游

说是去一个国家旅游
其实就是在印度洋
一个孤岛住了五个夜晚
三个晚上住海岸别墅
另外两晚在沙屋度过

月桂岛的月桂　是不是
中国月亮里的桂花树
我不知道　岛上树木成荫
我仔细搜索五天
没有一棵树上有桂花

这个小岛很原始　鲜有人工痕迹
白天烤太阳　喂鱼　游泳　有时候
看乌鸦飞来阳台找水喝
夜晚陪伴海浪读书
思考印度洋与太平洋的关系

躺在沙滩午睡　黑蚊子会来访问

在身上堆一层海沙　蚊子逃离
静静的躺下　在茫茫大海梦游
是生命的再一次生长
还是晒黑皮肤之后的光芒
远离喧嚣的人世睡眠
大海的呼唤　也无动于衷

齿间响起一种美妙的旋律
如诗如画的餐厅　堆积小岛上美食
饥饿像失忆的歌谣
慢慢消化金枪鱼　海上水果
没有白酒　激情衰老了许多

坐上返程的水上飞机
把影子留在绿色的岛上
昨天的心思独坐海边
把最美的风景带回故里
掉头俯瞰　马尔代夫的月桂岛
像中国十五的月亮

（2012 年 7 月 27 日于马尔代夫）

马累速描

马尔代夫是个岛国　其首都
也建在岛上　城市袖珍得
容不下一个机场
只好在邻居瑚湖尔岛
租赁接纳空中来客的场地
马累虽小　小得像印度洋上
针尖大的一颗明珠
但内涵也别有一番风韵

炫目的白色珊瑚礁
在街道上铺张浪费
蓝色　绿色的门窗
形成强烈的色差
为了防止恶魔攻击
房屋又高又窄　像一把利剑
斩断妖魔鬼怪的灵魂

沿江大道最宽　相向而行的司机
可以握手　再朝相反的方向前行

岛上的小巷子窄如线条
但行人的心地宽广
拥挤的影子和平而过
认识或不认识　都点头微笑
好像相识已久的朋友

马累是马尔代夫的总舵
几百个岛上的岛民
都来这里购买自己的人生
进口货任性地摆满货架
随时跟着快艇回家

马累港口　是马尔代夫跳动的脉搏
私家快艇　油船　卸货的货轮
你来我往穿梭前行
港外停泊的大船　站在船头
海港风情一览无遗

典雅的国家博物馆
藏有阿拉伯文化的精品
斯里兰卡文物也在其中
古老的马尔代夫手工艺品
见证了岛民几百年前的智慧
中国的瓷器　古代钱币

也有着自己特别的位置

马累　世界上最小的都城
我来了　你安静地在这里
我没有来　你的存在
仍具有珊瑚的诗意

（2012 年 7 月 29 日于马尔代夫马累市）

吉隆坡记

大马少见马　只见一线城市吉隆坡
四季如夏　日照充足　游客爱不释手
机械厂　轧钢石　水泥厂　化工厂
遍地开花　经济指标快速飙升
环境污染指数逐年下跌
雾霾不会莅临　鲜花按时盛开
交通四通八达　贸易鼎盛
高耸的国油双峰塔
把明亮的骄傲带入云空
活力无穷的吉隆坡
早就不是“泥泞的河口”

西装革履紧贴着玻璃幕墙的肌肤
古色古香风韵在村庄相映成趣
巴生河流域　蒂迪旺沙山脉
成为抵挡风雨的屏障
硕大彩云装饰头顶的热带丛林

登上吉隆坡塔远眺

对面咖啡山上有咖啡女微笑
清香随风飘落　含春带雨的味道
浸透身体的每一个角落
独立广场　柏威廉广场　飞轮海 88 广场
人山人海　世俗的味道从脚底升起
早已忘却人间沧桑　地球苍茫

（2013 年 1 月 21 日于吉隆坡）

云顶高原

云的顶端不是高原
是清凉度假胜地
是人生的娱乐场　也是赌场

缆车将乘客们送达云顶世界
天下第一大酒店张口大嘴
异乡客的钱包纷纷坠落
进了金光闪烁的赌场
赢了钱　所有的夜晚都相似
赌输了　各自品味不一样的人生

在云顶　永无止境的惨败命运
无法对云诉说　除非一根绳子
结束一生之中难言的旅途
就算输得一败涂地　享受一下
云之上　山峦重叠　林木苍翠的空气
也不枉来到花草繁茂的极乐世界
做一回清新怡人的赌徒

我爬上来　只想体悟一览众城小的哲学
狡猾的赌欲夺不走纯真
肠胃在舒适的凉爽风景洗澡
胃酸分泌出蚂蚁　不停地蠕动
下山吧　浮云过往的半山小镇
山村美食等候良久

（2013 年 1 月 23 日于吉隆坡）

初到洛杉矶

飞机像一只大鸟　从北京出发
沿太平洋海岸展翅翱翔
慢慢降临熟悉而陌生的洛杉矶
飞机肚腹中的三百多人
都打着自己的小算盘　各怀梦想而来
作为他们之中的一员　我的莅临
只为在会上说几句中国话
再用美元给大街小巷做填空题

号称天使之城　早年间魔鬼横行
最早沦落为西班牙的小妾
过了很多年　美国人扛着大炮到来
之后又被墨西哥独霸成后院
直到 1846 年　美墨战争拉开架式
墨西哥溃不成军　举手投降
洛杉矶才成为美国襁褓中的儿子
为了山河尊颜　魔鬼也会变天使

神秘的别墅部落蹲在树下

静静地等待华丽多彩的转身
鸽子悠悠然在草坪寻觅物质
挥洒自如的两翼　如无我之境
孔雀飞升　空气中流淌着优雅铃声
偶尔有一只狗摇着尾巴路过
跟随主人的甜蜜呼唤
把周围都幻想成自己的敌人

说是气温宜人　号称世界春都
夜里我却打了两个冷噤
心中嘀咕　没有寒暑的昆明摆在那里
洛杉矶　春都这个称呼要大打折扣

（2018 年 6 月 22 日于洛杉矶蒙诺维亚酒店）

好莱坞环球影城

舞台上表演人生的主角
轰轰烈烈　享受神的待遇
现实生活中可能连配角都不是
甚至做别人的背景都没有资格
台下看戏的也不一定都是看客
偶然间　会产生一个卓尔不群的主宰

影城内　夏天可以上映冬天的爱情
只要需要　颠倒黑白是家常便饭
人鬼互变更是拿手好戏
当然　人世的美好　动物永远的爱
也随时展演　只要票房飙升
是不是启蒙　是不是经典
都是无足轻重的旧皇历

进来时　是一张清洁的白纸
走出去则污垢满身
负荷的躯体疲于奔命
连心都装不下一碗凉水

有人奋斗一生　只求在好莱坞大道
拥有不可移动的脚印
有人机关算尽　也只能
在影片里一声叹息

时间在变　人世沧桑更在变
但都没有好莱坞影城变得快

（2018年6月23日于洛杉矶）

感受拉斯维加斯

一场人生豪赌　无所谓输赢
赌钱　赌生命的人不孤单
游客的光芒永远守在身旁
没有哭的表情　也不会有笑
全部精力都投入身前的几张扑克

作为一个临时旅行者　我不下注
赌徒心理咬不开我很薄的钱包
也无法消遣赌时间的岁月
只是到处走马观花　随便看看
祈祷每一位赌家内心安宁

从前是一个没有炊烟的破落村庄
荒凉的沙漠和戈壁挤压生存
雨量很可怜　用纳米来计算
为了满足人类填不满的欲望
沙石之上　仅有用十年的功夫
一座巨无霸的国际赌城拔地而起

如果你穷困潦倒　人生只剩下几美元
就来拉斯维加斯　或许咸鱼翻身
一夜暴富　美元从脚下铺到天堂
假如你的银子超过美洲银行
也去拉斯维加斯神游
品味几天流浪汉的潇洒

一面是地狱　另一面是天堂
这就是真实的拉斯维加斯

（2018年6月25日于美国拉斯维加斯百丽宫酒店）

宰恩国家公园

宰恩属古希伯来语
文字的内涵是避难所或圣殿
又译成锡安　被翻译的意义我不清楚
只知道　这里河山的一草一木
几千年来　都是印第安人的天下
后来被美利坚的现代化驱逐
如今演化为国家的公园
公园很大　全世界动植物的精华
分布在园内的每一个角落

我只在峡谷的风景走廊神游
四周的群山环绕着天空
炎热的午后　听不见草木的声音
也没有看见美洲狮的家族
偶尔有一只小爬虫窜出来
那也是英国纯种来拜见它的主子

停停走走　来不及胡思乱想

也不知道看见了什么

时间已到美国的傍晚

（2018 年 6 月 25 日于美国宰恩国家公园）

布莱斯峡谷

夕阳西下　一些沙石堵成森林
或者是千万佛僧聚集的露天广场
或者是威武雄壮的秦俑出操
都在自己的岗位尽职尽责
迎接每一个平常的白天

峡谷是大型岩石的扇形造型
并非自然界真正意义上的峡谷
千年的沙土熬成奇形百状的石头
从地底下冒出来的神怪
造型各异　矗立上帝出入的轨道
静候一群没有思考的游人

那些有思想的红色柱石
有的站立　有的排山倒海仰面朝天
有的过着离群索居的孤寂
目光呆滞地望着异乡的身体
穿梭于光怪陆离的沙石群

路上的行人也慢慢变成石林

躲在石柱后面　睡入远行的甜蜜

（2018年6月25日于美国布莱斯峡谷）

马蹄湾

美国的马都是神马
后蹄蹬一脚闲置千年的沙滩
一条河就形成一个马蹄岛

烈日下　没有生命意义的石头
展开尖锐的棱角　或飞或舞
让远道赶来的游客流连忘返

被夏季抽干水分的小路
汗水能蒸熟鸡蛋
行走的伤痛长满尖刺
一不小心　你就成了别人摔跤的风景

（2018 年 6 月 26 日于美国霍什舒本德）

上下羚羊峡谷

在狭窄的空间穿行
能看到精美绝伦的鬼吹灯
石头长成诡异的麦当劳
锋利的日光刀把行人劈成两半
一半在上　一半在下

有水通过的岩石家园
是纳瓦荷人神灵栖身的庙宇
戴罪之身的羚羊穿过
世俗的噪音接踵而至
谷壁上的水坚硬光滑
流出去　就是无着无落的沙海

红色沙粒从缝隙飘落
那是羚羊前生被宰杀的血液
阳光掉在石头上
俯身拾起的是你的倒影
行走的风景虽然很慢
走出去　等于穿越美国半个世纪

（2018 年 6 月 27 日于美国上下羚羊谷）

塞多纳小镇

小镇虽小　文化氛围却很大
一条街　就有数十家艺术画廊
居住着世界各地的美术大家
他们在红色的岩石上作画
把蓝天的秘密藏在小镇后面

塞多纳　源自一百多年前
首位邮政局长的夫人
她以美丽善良赢得人民的尊敬
她用春天的温度滋润街道
用秋天的果实帮助穷人
她让所有人都感受到
有她的存在　你离上帝最近

被白云洗净的葡萄
露出紫红色的笑脸
修成正果的精灵
在客人的肠胃里变成树
在悠远的音乐中改换门庭

独特的红岩石风景
捆绑五洲四海的摄影大师
浓郁纯正的印第安风情
令异乡人的脚步乐不思归

建在红岩石上的大教堂
是直通圣灵的窗口
谁与它并立　谁就是当今的巨人

（2018 年 6 月 28 日于美国塞多纳小镇）

凤凰城

亚利桑那州的核心枢纽
也是该州最大的城市
七百年前是印第安人的国土
后来白人开发为自己的国家
如今是闻名遐迩的退休中心
老年人最后岁月的存在家园
至于为什么取名凤凰
查询不到确凿的证据
在城里城外逛了几圈
也没有凤凰的影子

风大　是不是凤凰展翅的力度
与自然来风撕扯在一起
被放大的身影左右摇摆
雨点的力量很雄厚
砸在地上　瞬间变小河
太阳高悬　人身如困桑拿浴室
连肾脏里的液体也被晒干

这时候　真想凤凰飞过来
遮住头上热辣辣的太空

（2018年6月29日于美国凤凰城）

旧金山金门大桥

一桥飞架南北　海洋变成陆地
因为是通往金矿的一扇大门
被淘金人命名为“金门大桥”

有了桥做桥梁　人与人的距离
在时光深处迅速缩短
人与海　成了看与被看的风景

人在桥头看海景　被撕裂的海风
也在腾空而起的瞬间看你
人看海　是波动的虚无之境
海看人　是流行的凡胎肉身

在看与被看之间　也有人
从 67 米高的桥面纵身一跳
以每小时 120 码的速度直击海水
多数时候　平安通行的车辆铺张浪费

金门海峡上躺着大桥的楷模

把旧金山　这颗金光灿烂的珍珠
送入太平洋的怀抱
这面近代桥梁工程的旗帜
在云雾变幻的天空之下
观察疯狂的海浪升腾

海水静深　桥面是西部开发的通道
桥洞下停留的渔船　排着队
在没有浪的早晨　直挂云帆
从大桥下按顺序穿行

没有桥　在暗流诡异的太平洋
闯海者一样如履平地

（2018 年 6 月 30 日于美国旧金山）

九曲花街

一条东西方向贯穿的街道
明明只有八个急转弯组成
因为弯道上的鲜花招摇过市
故取名为九曲花街

据说是美国最弯曲的一道风景
至于八改九　是旧金山的汉文化发达
深谙九是数字之王
这点迂回的大智慧
美国人不会明白

游人沉浮　高举手机取景
人景混杂一处　分不清
花是人　还是人是花
站在高处　张开迷路的双眼
只见远来的蜜蜂扇动翅膀
花瓣飞舞的金光跟着上升

六百英尺的曲折起伏

因为有花的装饰效果
风靡全球　如同印象派的图案
表达的是一种波动心情

曲折的美丽固然美丽
但比起云南大山里九十九道
缩进森林深处的弯曲公路
旧金山街标的九曲花街
实在是小巫见大巫

（2018 年 7 月 1 日于美国旧金山）

渔人码头

千帆竞渡　都为活着的一生
有人打鱼把自己打进渔网
有人海边指手画脚
却积累千万财富

原本是渔民出海捕鱼的港口
鱼已成精　下海的渔民空手而归
失去了码头撒网的功效
被资本家包养　变成了休闲　旅行
餐饮　打情骂俏的地段

作为旧金山的特别象征
街上的乐师鳞次栉比
漆金喷银的艺术表演轰轰烈烈
渔人码头　每一种生活模式的品牌
都有自己存在的意义
只要不妨碍他人自由

巴尔克拉萨号三桅帆船

是苏格兰工艺制造的辉煌
百年后的一座飘浮博物馆
曾经满载的贵重货物漂泊何方
当年的海员会不会造访码头的女人
在海天一色的地方留情

鲜美的海产品放在锅子中煮熟
整个码头都被海的家族攻击
在阿甘餐馆点一份“阿甘虾”
吞下法国移民而来的酸面包
再喝一杯旧金山生产的啤酒
今天的行程完美结束

（2018 年 7 月 2 日于美国旧金山）

加州一号公路

这是为风景修的一条路
同时也危险四伏
紧跟着太平洋的步伐
前世今生经常擦肩而过

来往车辆像驯服的野马
不用缰绳　也不用长鞭一甩
奔跑在各自的车道
路上的声音践踏行者眼睛
在空洞的前方起伏摇曳

沿路的花朵随心而开
或蔷薇或杜鹃或不知名的野草
饮一瓢太平洋海水
开放出几十年前的花蕾

翻过一座山　又翻过一座
森林当家做主的大山
跑出陆地上的草原

向着一条山脉错乱的秩序
超越自身障碍　留下白昼

夜宿帕索罗布勒斯小镇
印度阿妹开的旅店
流水一样的味道熏人
清晨还残留在耳鼻

继续前行　夏天的景色分成几个段落
路过索尔文丹麦小镇
喝一杯来自北欧的啤酒
到了海岸线上的圣塔巴巴拉
约一只乌鸦　沙滩撒个欢
进入大通棕榈树公园
在粗线条的树根刻下身影
到了负债累累的东部海滩
只能贴着大海匍匐前进

不用担心洛杉矶的明天
第二次握手　她的词语更加浪漫

（2018 年 7 月 2 日于洛杉矶国际机场酒店）

日本鹿儿岛

日本南边的一个县
德川家族发达的老窝
有历史深度的街道上
情有独钟的酒馆
一字排开　喝一壶清酒
走在白色如织的古巷
误以为月亮的骨头
埋在脚下

据说是英雄失败的故乡
或者武士道精神的乐土
作为旅行者　对这些
别国的痛苦　或家园故地
我无意寻根问底

我来了　是为赴会
还有对火山有着诗意的幻想
跟着花草的脚步
乘风而上　灵魂像一只飞鸟

沿着阳光的余晖
努力前行　要说这山
还真有感觉　如同一部
没有读完的书

（2019 年 4 月 4 日于日本鹿儿岛大学）

东京记

到东京　我只有两个目的
寻找晚清时代
鲁迅先生伟岸的足迹
再去东京审判庭
审判那些恶魔鬼魂
然后爬上东京塔
看看　把现代帝都尽收囊中

执着者　在摇晃的高楼
找到成功的生存
也有富豪　在这座
尔虞我诈的都市
回到从前　享受人去楼空

有人在大街上找到爱情
也有人因为丢失爱
伤痛欲绝　离开女人或者男人的房间
而我　找到了鲁迅的上野樱花

并在灵魂深处　将甲级战犯

重新审判一万次

（2019 年 4 月 6 日于日本东京）

皇居御园

白天是平民百姓的乐土
五点以后皇族散步的庭院
表面的悠闲　掩盖不住
战争策源地的罪恶

草是草　花还是花
树叶是几十年前的树叶
人却不是原来那些人

吹来的是新风
吹不走的是伤痕
若干年后　中国的孙子们
重游此地　就算园子里
春暖花开　人群可亲
我始终坚信　他们
对那场灭门的战争
不会置若罔闻

（2019 年 4 月 7 日于日本东京）

富士山

是日本的　也是天下的名山
棉花包装的脑袋　像乡下老头
戴了许多年　也不舍得脱的
一顶意义深远的帽子

远看是一个美女
比白雪还白的脸庞
动人心怀　走近目视
有多情的樱花缠绕

许多人大老远跑来
有的是为了登临　有的
是当作偶像崇拜
我不是　我只想把你
当作日思夜想的新娘
用快递的方式
邮回我的故乡

（2019 年 4 月 8 日于日本东京）

忍野八海

我打量许久　终于明白
八海就是八个池塘
有深有浅　有重也有轻
不知道游人为何如此着迷
是失去了自己　还是
翻阅异域的风情

我不知道所见的
是否与别人一模一样
在八个池塘之间不停穿梭
我是不是原来的自己
身边的游客如此快活
而我一无所知
想问问水中奔跑的鱼
又怕异乡人的灵魂
无法进入日本鱼的灵魂

只知道忍野是个村名
居于富士山下

树影散开的日子　八个太阳
同时在海面缓缓升起
潭影里的人心
泉水叮咚中　如梦如幻
而我　却无法融入风景
吃了几个草饼
回到中国　许久之后
那艾香的味道还很浓

（2019年4月8日夜于日本东京）

京都街头

新屋如青楼妙女
一片一片站在街口
吸纳阔人的银行卡
偶尔有一栋委屈的旧屋
向世人展览历史
如一朵史前玫瑰
睁开陌生的眼睛
注视转世的熟客

迈步向前　寻找京都的都
说是日本人的精神故乡
或者日本文化的源点
或者长安的影子
或者洛阳的故里
这都不重要　重要的是
我闻到大把的美元　人民币的气味
在游人的眼球流通
而我　在酒后的几天里
始终没有找到京都的都

（2019 年 4 月 10 日夜于日本京都）

名古屋

两千多株名贵樱花
像皇宫的侍女　小心谨慎地
围着飞檐翘角的古老灵魂

许多陈旧的故事
从每一扇窗口流出
一个上午　我快速穿越
日本几百年的历史

德川家昔日的燕子
会不会月光满楼时
再来筑巢　把前世繁华
还给当今的游人

天正蓝　花正开　游人如蚁
所有世俗的眼光
都注定在楼影里徘徊
不知道幕府后人　会不会
将名楼搬到另一个城市

但游客内心　已经将它
搬走几千次
搬到各自故乡的地图上

（2019 年 4 月 11 日于日本名古屋）

奈良喂鹿

我来了　仅仅是成全一个心愿
与一只千年熟悉的鹿
交心　或者喂他一块
从中国带来的糕点

想从亲和的鹿群中　寻找
动人的音乐或诗歌材料
也试着与他们沟通
但他们　悠闲得像大师
独自鹿鸣　不同陌生人说话
除非你不断地抛出食物
他们一边向你致敬
一边偷看你手中
还有没有他们的幸福

（2019 年 4 月 12 日夜于日本奈良公园）

大阪

我从大阪进入日本
又从大阪回到中国
扶桑之东的行程
在夕阳的记忆里开始

关西机场的上空
雄鹰划出一道弧线
我和我的身体前倾
俯瞰河道纵横的城市
和大阪八百八桥的传说

四天王寺古刹的经幡
从远古飘扬到现在
住吉大社本殿里
还留存着百年前的心跳
文明像一条大河
穿越在贵族和平民之间
堆积起来　成为大阪的历史

进入大阪　想寻觅
川端康成的雪国
或者尝一口大阪烧
然后　雇一辆丰田越野车
从大阪平原开到东京

（2019 年 4 月 14 日夜于日本大阪关西国际机场候机室）